R·J
CONSTELADO

千里远景，如在尺寸之间。

窃取峡谷的回声
反绑鼓掌的双手
还剩草木生得太近　推推搡搡
谁也别走吧　都留下来
分享田契上摞叠的红指印
分享颗粒无收
分享鸟的落羽兽的蹄印
分享枣和栗子覆满灰尘的婚床

《盲眼海豹》写女人的苦难,一种马不停蹄叠加另外一种,简直像一本令人恐惧的人生目录。身为作家的韩今谅惊人的冷酷,她拿着手术刀书写这些女人这些苦难,刀刀见血,但污秽的血流到尽头,她仍有一种身为女人,对女人的温柔。

——李静睿

《盲眼海豹》是一部微型史诗。韩今谅从细微处入手直击人性的幽暗,以轻盈的文字,描摹出了三个女性在不同时代风貌下的起伏人生,不经意间令人感叹命运无常。好读,可以用来评价一本书。但对写作者而言,当面对外界评价时,能坦然回一句,"无他,惟手熟尔",无疑是一件幸福的事。韩今谅在我心中,就是这样的存在。

——魏思孝

盲眼海豹

韩今谅 著

中国工人出版社

一则微信

子平：

我的微信上没有多少人，我怕她以后麻烦你，发完这条就把你删了，勿怪。

上次你带我出去我玩的（得）很开心，照片也好看，我天天都看，谢谢你了。

我向你撒了个谎，我的瘤子没有割掉，情况复杂已经割不了了，割了也不保证不再长，太不值当。你放心吧，我不怕死，我还给大夫开玩笑了，我说：这么些瘤子都能开大会了！

你可能忘了，你上学的时候给我讲过一个知识，大象临死的时候会走到某个地方把自己的牙埋了。我觉得大象那是有话说，说不出来，把话留地里，让它随着土化了。你姥娘临没的时候，就跟我说过她的秘密，除了我谁也不知道。我不能跟你说她的事，但是可以告诉你我的事。

我让人欺负过一次，怀孕的日子不巧，算来算去都不放心，怕天底下就有这么巧的，和不应该的人一次就坏事了。和那个人不是我愿意的。你还记得傻子叔叔吗？出事的时候他看见了，他当时身上刚打完药，动不了，但是他都想着呢。人家都说他是武疯子，其实你应该有印象，那之前他从来没和人动过手。他根本不疯，他知道我对他好，谁欺负我他得出头，我宁愿别人还是叫他傻子。

这闺女从生下来她爸就当个宝贝，越宝贝我越害怕，我做噩梦，梦见你妈上门闹来了，说孩子不是他的，他就干了傻事。有时候我见了你，和你说起你妹妹，我就心宽点，你这么好，她是那个样儿，怎么可能是你亲妹妹呢？有的时候我还是不踏实，我和你妈也是姊妹俩，还不是一个天上一个地下，那还是一个娘肚子里出来的呢。我这颗心压着一块大石头扑腾了几十年，我死了，石头没了，心也能放下了。你就当听了个故事，别往自己心里搁。我把我的象牙给你了，你替我埋了吧。

你永远是个勇敢的小女孩，我很佩服你。祝福你在大洋彼岸有幸福、快乐、充满阳光的生活。

三明治

王白衣紧抱着三花从家属院的砖道跑到土道,楼房跑到平房,一路带倒笤帚踢倒盆,没人不看的。三花是白衣喂大的,毛光眼亮,谁也神气不过它,这会儿被小主人箍得一声不吭。追着白衣的,是她爸王福霖。

临近饭点,门口择菜洗涮的娘们儿都停了手,看着爷儿俩笑。

"这孩子听说听道的,为只鸡跟她爹犟上了?"

"妮别摔着了,鸡养了就是吃的。你要舍不得,婶子跟你爸说再养几天!"

"王大夫,跟孩子好好说,大妮儿最懂事咧!"南门娘娘笑着劝道。

白衣觉着事头有缓,也实在累了,脚步慢了

一拍,头还没回转,屁股上已挨了一脚,她冲前飞起,三花却朝天而去,一对翅子在她头顶平平展开,看那影子,像是一只朝她扑下来的鹰。她的脸随之砸进泥坑。一股脏水冲进喉咙,白衣眼前一黑。

等她再爬起来,鸡已经死了几回了。王福霖紫胀着脸,抓起已经一动不动的三花,又举过头顶朝地上摔去,鹰的影子破碎成尘土和飞羽,在"排除万难,去争取胜利"的围墙前腾起粗粝的雾。白衣抬起僵硬的胳膊,在身前环抱出三花刚才的形状。

王福霖甩下一把汗,转头走了,他攥着鸡,鸡垂着头,他没攥着王白衣,王白衣也垂着头。路上落下血点子,也落下泥点子。婶子大娘们装作看不见,各忙着活计,不再言语。

白衣在家门口站着。家家户户的饭菜气味飘来又散去,泥水在身上结成了硬干巴,擦破的皮肤开始还被汗水杀得生疼,后来也不觉得疼了。

"跟你爸爸认个错,家去吧。"南门娘娘端着一摞碗往水管子走,撞了撞白衣的瘦胳膊道。

白衣不答。她的家里人人都比平日更兴高采烈,听得出是红旗和金星争抢着啃鸡头里的脑子。徐小凤一只脚跨出门槛,探出头。

"赶紧进来。别让我说第二遍。"

白衣搓得衣角上泥巴簌簌落下,觉得自己像棵刚被薅起来的野菜。

屋里热腾腾的,悬着油香和白酒咽下去又嗝上来的臭气,王福霖和小凤的面前各横着一根啃完的鸡腿骨和一只油腻的瓷酒盅。酒肉的熨帖让王福霖展现出一种宽宏,他拍拍离自己最近的马扎,等她坐下。

"这个家什么都是我的,知道吗?"

王白衣点头。为了给金星看病,父母还欠着单位的钱,家里少见油水,养大了鸡吃掉也是应当。她只是后悔,刚才要不是她害爸丢了面子,三花兴许能少受点罪。小凤见她只扒拉饭,往她碗里夹了一块肉。

"傻啊?"她手搭着丈夫的腿,翘着沾了油的两指喷道,"鸡毛都让你糟践了,没想着给大妮儿做个毽子呢?她又不爱吃肉。"

白衣兜不住眼泪,端碗罩在脸前速速扒完饭,碗里那块肉,夹过来什么样还是什么样,红旗和金星的筷子立刻争抢上来。

白衣洗刷完她和父母的碗筷,弟弟妹妹仍吃着。小凤看她要出门,也不问去向。

"鱼找鱼,虾找虾。"

"蛤蟆找青蛙!"金星跟道。

红旗趁他说话,将他碗里的肉抄走,吃进嘴才发现是鸡屁股。金星笑得掉了筷子。

"二姐亲鸡腚眼子!你亲鸡腚眼子!"

两人争抢碗底看不出部位的肉星,油花四溅。王福霖并不关注眼前的嚣张,他明天还有这么一顿,小凤早挑了厚厚的几块肉,给他单独盛进饭盒了,那是他应得的。

徐小鹊家静悄悄的,一开门,桐油家具的味儿比任何声响都先冲出来,一大一小两间屋,几乎每样物事上都贴了大红喜字。窗外有两棵树,一棵无花果,一棵香椿,都是一楼墙外生根伸头到二楼的,分房那会儿两家说好了,结果子下香椿的时候两家平分,白衣想着就咽了一口口水。窗台外沿有一溜盆花,长势泼辣,也有几丛蒜苗混迹其中,蒜苗被齐齐剪了头,不知扔进了哪个碗面里。

小鹊见李斜子领进肿着眼泡的白衣,迎上前把白衣拉在床边坐了,她一颠一颠的脚步声在小屋里穿梭来去,没一分钟就给白衣两只小手里塞满了枣和花生,又去投了条冒着热气的毛巾,把她花猫似的脸上下左右地揩了。白衣盯着小姨打开那个蓝色的小铁盒,抹了白白的一指肚,那根手指点在她脑门、两个脸蛋、鼻尖和下巴上，一阵馨香散开，王白衣跳下床沿，自己对着脸盆架上方的粉红框梳妆镜，把雪花膏仔仔细细搓匀。

"你那个爹！"李斜子听完来龙去脉不以为然。

李斜子是姨父的外号，除了发工资，或是当着他爹妈，谁也不叫他的本名李社会。他和王福霖结梁子是他结婚那天，也许是更往前的某一天。在小鹊的喜宴上，小凤和王福霖着意打扮，男的挺拔英武，女的高挑俊美，两口子笑了好看，说话了好听，更衬出新郎新娘矮小干瘪，天聋地哑。李斜子像是看着新娘，眼睛却在热闹的席间打转，只觉得笑的人八成是笑他，不笑的八成是等着笑他，非让他明白谁才配被称颂郎才女貌，谁不过是两只戴红花的灰鹁鸽。

李斜子认定，王福霖这个孤儿有人生没人疼，自己婚结得潦草，要什么没什么，见他婚事气派，又早早分了房子，心生嫉妒，成心叫他难看。两日后小鹊回门，李斜子见了大姐一家都淡淡的，只对孩子们有个笑模样。

小凤回娘家，听见闲话，跟邻舍借了打气筒，在院里把自行车前后胎都打得膨膨的，那车几乎从地上跳起来。

"这也算个事儿？长得丑俊是老天爷给的，也不是我们占了你的，话说回来，穿立整点还有错了？娘家亲戚都歪瓜裂枣他们脸上倒好看了？要不怎么说，'招鬼惹神，不得罪半拉人''斜楞眼子，小心眼子'！"

那邻居听得热闹，抬眼一看，捡起打气筒讪讪回屋。小凤回头，是她妈在那一下下磕烟袋锅子。

"这是说小李，还是指你妹妹？"

小凤不言语，贴着她妈钻进门去。

这些事小鹊都知道，她朝李斜子腿肚子踢了踢，李斜子没再往下说。

白衣肚里的半碗白饭路上都走没了，目不转睛地看小姨倾着锅，让油浸过每一粒花生米，舀来撒上绵绵一层白糖晾着，又就着余下的油煎了几片裹上蛋液的馒头，最后把剩的蛋液倒进黄瓜片汤，搅成松松的蛋花，样样是现做给她的。

"我教给你外国人怎么吃。"小鹊把花生米排在馒头片上，又拿一块馒头片盖住夹紧，平举到白衣嘴边，"三明治。"

白衣一咬，花生米骨碌掉出来一个，滚在脚边的地上，白衣双膝一紧，下意识地要扑下去捡，见小鹊也没什么反应，干脆视若无睹，抬头再咬一口,小鹊大叫一声。

"咬我手指头了!你不是不爱吃肉吗!"

两人笑了一通,斜子也笑,只不出声,坐在说远不远的小板凳上,从一串儿纸包上摘下一包,抖落在砂锅里,药气陆陆续续冒出来。

"姨父感冒了吗?"

李斜子还是笑笑不说话。

"是我喝的。"小鹊的脸红了。

白衣早吃完了,回味却没完,心想要是能住下不走就好了,但是不能不走,小姨为什么脸红她无从得知,但隐约猜到他们有更重要的事,需要她离开。

小鹊伸出食指往茶碗里沿蘸蘸,摁在大衣柜大红喜字的边边上,把蹭下的那点红抹到了白衣的嘴唇上,叫她沾个喜气儿。白衣美美地抿着嘴,连说话声都小了几分,又照罢了镜子,情知再没法磨蹭。小鹊领着她的手把她送下楼,楼梯窄,小鹊要侧着身下,两人只能勉强并排。

有了小姨的车票钱,白衣不用再走回家了,只是从车站到家的路上越走越慢,及至家门口,见到一地鸡毛,眼眶又酸起来,情知这是爸妈成心叫她再难受一回,好"治改了她"。这次泪只有小小两滴,沿着眼眶渗出来。屋里黑着灯,一家人酒足饭饱,早早地睡下了,她轻轻扫完地,坐在门槛上,疲惫朝四肢百脉扩散开去,暗暗埋怨自己折腾的这一天实在没意思,古代人还割肉喂母呢,自己怎么连只鸡都舍不得,可见不孝顺,是该治一治。

白衣起身,似是隐隐听见三花惯常的咕噜声,猛地停下脚步,那声音又没了。她心里突突跳,不敢再待在门口,赶紧回屋了。

红　盆

众所周知，李爷爷李奶奶催着小鹊添丁，是想早日续上帮手。

李社会的小弟李主义，生下来就是傻的，李爷爷得知这一胎又不是全乎人，一脚踹上去，把李奶奶连人带产床撞到墙根，哭得没了人声，定要抱上俩儿子跳楼。旁人就劝道，老大不是大毛病，这老二还是趁早了，没吃过娘奶还不算个人儿，狠狠心吧。憨傻活千年，为他豁上一辈子，能照应到他先走还好，万一你们先走，他连饭都吃不进嘴里，你们在底下也闭不上眼。李奶奶被最后这话说松了心，抱着老二，拖着老大，坐上窗台。李爷爷折回来，把娘儿仨一串儿拉了下来，指着哥儿俩问媳妇道，你倒是好死，这个帽子留给我戴？

兄弟俩的名字是面粉厂楼书记替李爷爷家取的，李社会原来叫李通。楼书记批道，身子是天生带的，怨不着谁，取这名就是找麻烦了，你再生个二的叫外国算了。楼书记给改了名，二的名字也顺势定下了。

很难说两兄弟为建设计划出了多少力，李爷爷为楼书记出的力却是有目共睹，面粉厂的运动红红火火，每次楼书记被表彰，李爷爷就会顺带被拍肩膀。你被书记高看一眼，盯着你的眼睛就不止多了一双，李爷爷不能为了个人生活甘冒破坏形势的风险，李社会和李主义也因此双双留下性命。李主义从六斤长到一百六十斤，把李奶奶从小媳妇熬成老妈妈，她一遍遍给李社会念叨，我死了这活儿就是你的，不能让你弟掉地下。如今李奶奶不得不惦记上他和小鹊的孩子，两个残坏[1]人，年轻还好，上了年纪身子就重了，要有孩子来照顾叔叔，才能万全无忧，子子孙孙无穷尽，一年年替她看顾着幼子。

结婚头几天小凤才知道李家有那么个弟弟，死命劝小鹊跟斜子吹了，当初媒人是先求的她，可

---

1 【残坏】cái huai 济南方言，残废。（本书注释若无特殊说明，均为济南方言）

没说还有这档子事儿。王福霖暗里拿话将小凤，李家真来闹事了，是他王福霖拦得住，还是徐小凤能拦得住？李斜子全家都在面粉厂扎着根，随随便便退婚，徐小鹊这个条件，以后在厂里是做不了人，站不住脚了。

小鹊自己寻思，公婆没了照顾小叔，也是应得应分，再累能累到哪里去，总不能一天累她二十五个点钟。况且那彩礼钱小半已经化成泥灰砖块，垒在娘家塌陷多年的外墙上。唯一曾让她难受的是，人人都说这门亲合适得不能再合适，好像她早就注定了要找一个同样身带残疾的男人，如果不是如此反而令人不安。

未来的婆婆拉着小鹊的手说过，以后你就上长白班吧，等你二哥回来，在厂里给你说个嫂子，叫你妈放心。小鹊十分感激，她真想让妈放心。

嫂子不是妈让说的，墙也不是妈让砌的，当初椿儿在小凤说对方和小鹊多么般配的时候，对这头婚事仅报以冷笑。也是她，知道李主义的事儿之后，第一个问小鹊作不作难。

"你说不想和他过，这个墙咱马上马地蹬倒，钱不怕凑不足数，谁有胆子让他找我来；要是你自己愿跟人过，好了好过，赖了赖过，谁也别嫌，谁也别怨。"

"李社会把家具都拉到柳岸街了。"小鹊道,"给我换了二楼。"

李社会的房子在新家属院五楼,怕小鹊爬楼吃力,用两居室新房跟人换了一间半的旧房,柳岸街二层把东头,外间朝大马路,窗户里就能看见汽车,睡觉的屋有朝南的窗户,屋门口是这层的茅房和水池子,都凑手。

椿儿抽了两口烟,没接话就出了门。

小鹊听着外头咔嚓嚓的剪子声出来看,椿儿坐在门口马扎上,手里红纸转着圈,一沓喜字剪出来,放在脚边,烟袋压上。小鹊蹲在她脚边,想着曾有一天,她在旧课本上偷偷剪下的铅笔画。剪下的碎纸片飞的飞了,跑的跑了,还有些就挂在椿儿身上,像是火星子落在一团烟草上,她不去摘,小鹊也没摘。

小鹊窝在被子里打毛线,人都说她手巧是随椿儿,她觉得差远了,妈做活从来不看样子,剪纸、绣花,都在脑子里呢。她估摸着吃药的时间,催着斜子把白衣剩的汤喝净,好把碗腾出来刷了。只听范益家的在外喊。

"大盆呢?盆怎么又没了!谁拿走了?"

范益住这层西头,瘦得像用了几年的笤帚苗

子,老婆脚壮声高,走在楼道里噔噔闷响,仿佛一个篮球被人左右手交替着拍过来似的。她说的合金盆本是小鹊的,邻居在水池洗涮,爱找小鹊借盆,那个盆又大又轻,最受欢迎,久了小鹊就把盆放在池子边上了。刚才白衣帮着他们干活,给端进屋来了。小鹊慌着从床里往下爬,想去送那盆。

"伙着用的东西,藏屋里干么[1]?等着生小的啊?"范益家的兀自不住嘴道。

小鹊吃了心,一跤绊在床跟前,整球的毛线滚出去,撞了墙又折回来。斜子跨过线团,拎起盆开门。

"嫂子你用。家里来客,顺手收进去了。"

"嗨,怎么把你喊出来了!你看看这事,明天拿出来不是一样吗!你还不睡啊?这么晚不睡,媳妇肚子能有动静吗?"

斜子讪笑没答,也没进屋。小鹊腿摔得热热的,想着一楼道的人都把这话听了去,脸也同着热起来。

"没寻思在你那儿放着呢,谁家没个盆啊,有那不自觉的,专门占乎[2]别人的!"范益家的压低了

---

1 【么】疑问代词,什么。"么"是济南方言中高频率口语用词。有时用作句中插入语,如同"这个""那个",无实在意义。
2 【占乎】占据,占有。

声,这悄悄话还是比常人的嗓门高了三分。

"不叫事儿,不叫事儿,就是谁使顺手拿走了,没使的了,嫂子敲俺家门。"

"那俺先用用!"

水声大作,斜子回到屋里,小鹊已经理好了毛线,没事儿人似的朝里睡下了。她没法不怀疑自己的身子,怕身上的残疾还隐藏在跛脚之外的地方。

徐小鹊会说话那天,徐多友松一口气,算数认字了,他松一口气。他一次次在灯下捧着小鹊的脚丫比量,削软木缝布片做垫子,给她装在鞋里,跟在她身后细细打量。"多秀气啊,慢慢走一点儿都看不出来。"他又松一口气,像是安慰椿儿,椿儿往往不甚理会,随他折腾。

然则还有好多事儿还没来得及验证,徐多友人就没了,往后的那口气,都要小鹊自己悬着。

婆家和丈夫越是不明催,小鹊心里越是打着鼓。她硬着头皮回娘家问妈,椿儿就笑。

"关上灯的事,你问我,我能给你说出个臊来?"

"要是一直没有呢?"

"老杜家媳妇你可是知道啊,开头几年不生,生开了和下兔崽子似的,论窝抱。"

小鹊点头,那家媳妇一口气生了十个,外号"杜十娘""老肚皮",院里嘴杂,提起来脏的净的什么话都不遮着,做姑娘的时候,小鹊听都不敢听。他家的老八,也可能是老十,掉床底下两天没人找,自己揪着棉花套子吃,吃得肚子活似皮鼓,也没给吃死,等大人发现了抱出来都还能乐呢。

"你说的那都是正常人。"

"多从你男人身上找毛病,别老盯着自个儿。说到底,这买卖儿不指着一个人。"

小鹊见妈不耐烦,不吭声了。椿儿的烟袋呲呲作响,她的声音也变得瓮瓮的。"你这是怨我?"

小鹊摇摇头。她害怕过,自卑过,如今只是更害怕,更自卑,怨是要使劲的,她使不来。以前椿儿也问过她,小鹊也是摇头。一个女人受够了生孩子的罪有什么错呢?那两把企图让母女分离的火柴头,她在妈肚子里吃下,妈也是一同吃下的,她们娘儿俩是同去鬼门关又同着回来了,尽管她只剩了半条命。她是妈没见面前不想要的孩子,比起妈那两个生下了又被人抱走的孩子,她甚至应该庆幸。

椿儿眉目生硬,自徐多友去世,小凤出嫁,小鸿失踪,小鹊和妈相依为命,心却一日远似一日,也许她们之间唯一的联系,便是念着同一个人却绝口不提。妈身上的千姿百态,都被那场大火带走了。

裤　带

四娘娘站在谷仓外透气，哑着嗓子咒骂村里的男人，椿儿在屋里的惨叫让人发毛。坡前几个男的远远绕开去，全不是平日排队等着上谷仓的光景。四娘娘从雪里抓起一把黄泥，也不管里头还裹着石头，照着一个后生就砸，一头追一头骂道，妈了巴子管杀不管埋的牲口，脱了裤子有屌提上裤子没蛋的玩意儿。开始那声音还带着痰音，骂上了劲喉咙开了，循环往复，调门登着梯子地拔高。后生面皮薄，臊着脸快步走了，年长些的却浑不在意，互相打趣不知是谁要添个便宜小子。接生婆子出了谷仓，抹着手招呼四娘娘回去。她朝坡下小跑，跑到半截一屁股溜下去，白茫茫的坡上两道黑黄的印子合成一股。

出生在生死关头的男孩没有明显地像村里任何一个人，这让四娘娘在送走孩子的时候放下心来。她指使接生婆子把孩子送远点，自己拎了烧开的水进屋。椿儿汗湿的头发冒着热气，脸上青白泛光，一声不吭，四娘娘只觉那窄脸上的眼睛更显大了，招人疼，惹人恨。她头回来谷仓陪接生的时候教训过她，守了寡的人，当初就该把头发铰了，有颜色的衣服收了，别叫人惦记。后来她什么也不说了，也没什么能说的了，到了嘴边的话变成唾沫，一口一口往回咽。

椿儿闭着眼，被擦净了脸，掖紧了被。刚才那婆子问她看不看孩子，她说不看。可门一开她还是借着雪亮的光瞥见了。有一瞬间，她感觉这个孩子像死去的丈夫，不由得哑然失笑。

椿儿是抱着闺女小凤过河的时候被他们抓回来的，没办法，小凤爱哭，哭得极响。嫂子说道，重新配人得配到外村，不能在俺们跟前。大伯哥说道，孩子是他弟兄的，得留下。椿儿被扔在地上，身上一道道绳子捆得她透不上气，勒出的一团团肉，让站着的人也透不上气。谁要带她走，都有人说出不该当的理由，差着辈了，沾着亲了，眼看着说不拢，嫂子说还叫董仁来领她，再许到外村去，谁也不接话。椿儿望向婆婆，六爷爷却让嫂子把婆婆扶回屋。最终站着的人拍了板,小凤留给大伯哥和嫂子照顾,椿儿暂住谷仓,由全村壮年劳力照顾。一动不如一静,孤儿寡母都有了着落。

自从有了这个去处,村里的男子空前和睦,从讨不上媳妇的,到老伴儿没了的,走到门口看见挂着的裤带,就知道谷仓里有人照顾上了,脸皮薄的出去转一圈,不在乎的就在裤带子底下蹲了等着。

再后来,有媳妇的也往这儿来了,于是谷仓也不乏大娘嫂子,在门口叉腰跺脚,怪她不事劳作,两条腿一张,要吃要喝还得她们家出。椿儿也不还嘴,来骂椿儿的人走了,来会她的人也得走,除了她,人人都另有一套日子要过。只有听烦了,她才踩着凳子从小窗口喊出去,婶子,要不咱娘儿俩掉个个儿?骂人的女人啜嚅道,我没长那个克夫的脸。还有一回,有个小媳妇想趁空把椿儿放了,免得她男人惦记,回去被揍得上不去炕。四娘娘为了给这媳妇捣棒疮膏,蓐了一晚上蒲公英。

照六爷爷的安排,送饭的活儿就落在四娘娘手里,说她心善,也顶事。椿儿这份口粮是去谷仓的人按数凑的,除去椿儿吃,还够四娘娘两口子的口粮,四大爷扒火车轧断了俩腿,能指望这个进项填补。

谷仓里被照顾出两个孩子。椿儿十九了,第

三次当娘。椿儿问过四娘娘,你就说我死了,拿席子卷了,你给埋了,行吗?四娘娘道,除非双巴泡子合成一股倒着淌。

雪在窗沿上堆出一垄白边,说是窗,不过四指宽,椿儿栽在那儿的白菜花早就枯死了,黄的绿的白的都成了黑的,立在那儿像一个影子。从这能看到小阳山的脚跟,那山上掉下来两条河,初时一样粗细,一条水快,一条水慢,水大的挨着高儿庄,那边庄稼也长得旺相,坡里庄这头就比不上。两流水兜了一圈汇成个池塘,垂在洼地里,就叫双巴泡子,两汪水一大一小,晃晃荡荡,像她死去男人的那对卵子。

椿儿和卢锁住拜天地那天,是她把新郎搀进洞房的,炕几上是婆婆做给她的好几身新衣裳。

"来时候看着庄外头的林子坡了吗?"婆婆也跟进来,温言细语,"里头有老虎,没人领着你别往出跑。"

"有老虎,村里人不早让它吃没了?"

"光吃过路人。"

"平原大地儿的,没听说山东有老虎。"

"山东没老虎,武松打的是啥?"

椿儿不再言语了,她没打谱跑,也知道婆婆这是吓唬她呢。

待到椿儿怀孕，全家高兴坏了，确信了冲喜确有其事，连带她也对那纸人儿样的小丈夫生了一丝柔情。可惜丈夫没等到小凤出世，病又一日日回来了，死的时候手腕比她的还要细瘦，脸面比她的还要白，日日叫着痛，又不肯咽最后一缕气，药吐掉一口就喝两口，喊着娘硬撑了好多天。

男人给椿儿留下唯一的好东西是个硬邦邦的念头：连这样的人都想活下去，她凭什么不。

四娘娘日日来放下饭食，加柴添水，清污除溺。谷仓后日日晾着一排衣裤，一遍遍浸了血，洗不净，成了深深浅浅的褐色。四娘娘干活摔摔打打，像是故意要引得椿儿恼了，跟她说话。椿儿既不言谢，也无不满。四娘娘也赌气不理她，只在看见椿儿奶水浸湿了前胸的时候转头抹脸，含混地骂了几句，擤出一大把鼻涕。那几日村里男的出门都绕着谷仓，谁也没去找六爷爷讨钥匙，谷仓门口没有裤带飘舞，跟椿儿没来的时候一样，跟它还是个谷仓的时候一样。椿儿盘算着，等能下床了，得扔了那白菜根子，再种点什么。

酸　枣

农忙的时候,是椿儿放假的时候。她盼着村子背时,盼大旱、霜冻、蝗灾,最好柴河决口,最好兵来匪去,村里男人吃不饱,少来找她。也不能太盼了,没人来送饭,还给她锁着,准得饿死了。

去年她学会了抽烟。起初是卢老九忘下了烟袋,老九为了拿回他的烟袋,寻了个更好的给她,椿儿就认真抽上了。老九嘱咐她别传烟袋的事,怕吹进九婶耳朵里。卢老九和椿儿的公爹是一个爷爷的堂兄弟,她曾经叫卢老九作九叔,见面都得低低头的,九叔第一次到谷仓来的时候,把她从姑奶奶喊到祖奶奶,椿儿再没正眼瞧过他。

簸箕里的一抔渣土,已冒出结结实实一根酸枣苗,只是弯着头,像个要吐的人。她端着破簸箕从一早挪到傍黑天，追着谷仓里仅有的一拃阳光，想着多晒晒太阳杆子兴许直溜点。酸枣是去年卢顺子兜在衣服里给她带的，他地里回来，脱衣服的时候看见前襟沾了枣汁子，吓得什么心气都没了。衣裳是做了新年穿的，他偷着穿了来，回去八成要被娘打一顿。椿儿就手给他搓洗了，支在炉边翻弄着烤干，顺子蹲在她脚边，一粒粒把酸枣塞进她嘴里，净问些孩子话。椿儿记得那枣有的极酸有的甘甜，却不知种下的是哪颗了。

　　椿儿跪在晃悠悠的板凳上，拿粉笔给仓神不甚清晰的轮廓线条加上颜色。椿儿原本没瞧出这是尊神像，去年正月将尽，有人堆了五谷来上供，拿煤灰撒了一圈，她才知道那就是仓神。她把上供的果子都吃了，四娘娘说供飨的东西不兴吃，椿儿回，不让吃他就拦着我了，他不是神仙吗？

　　粉笔是她托顺子跟孟先生要的，孟先生是小学教员，早上能听见他带着学生念一一得一，一二得二。随着粉笔来的还有封信，字不多，但椿儿和顺子一个都不认得，椿儿怕有什么话被人看了去，耽误孟先生，顺子一走她就烧了。没几个月，孟先生回南方完婚再没回来，信里说了什么椿儿到底也不知道了。

谷仓一半建在地下,椿儿踩着小板凳踮起脚,脸能对上窗户。她举着那株酸枣,脸也一同仰进阳光,跟树苗一同舒展开,她眯着眼,挪着脚,本就不足的亮光猛地一暗,一睁眼,窗外竟正对着张大脸,背着光只见黑黢黢一片。椿儿脚一软从板凳上掉下来,簸箕也险些砸下来,她刚要重新踩上去骂人,却发现板凳腿折了。窗边那人只露出下半张脸,脸膛宽阔硬朗,腮帮子把原本的方脸另撑出两个角,鼻头倒是肉墩墩地伏卧着毫无凶相。那人俯低了点,张嘴一笑,椿儿跳起来问他笑什么,瞬间又落了下去,男人笑得更开了。她地鼠一般几番起落,已经有些恼了,勉强撑住板凳,想再站上去问个仔细时,远处有人喊他,说是变天了,得抢麦,口音不是近处人。男人打个手势叫她别出动静,反身走了,走出几丈才应声。

果然乌云一拥而上,把刚还透蓝的天铺盖成炭灰色。椿儿听见人叫他老徐,想来是从别村雇来的短工。那几下跳跃让她心浮气喘,她想着那黑脸人扛起麦捆摔在地上的光景,锋芒在背,如何麦还没收尽,天就热了。她知道,他还得来。

整座村庄在连日的疲累中酣睡,徐多友连着蹲了几夜仓口,又在天露白时离开。

"过麦的汉你哪里来?你别言语我猜一猜。

哪里的仙果没人摘?哪里的金子土里埋?

哪道门里有你老子娘,哪家的姑娘你轿子抬?"

唱歌,不拘唱点什么,压着嗓子也听不出好赖。也说闲话,说晌午谁吃得多一撅腚就放屁,谁的脚指头被镰刀带了一道口子,肿得穿不进鞋。说一会儿困一会儿,也舍不得大睡,椿儿靠门坐着,有时就地躺着,迷迷糊糊听见外面拍蚊子的声音,想笑又想哭。麦就快收完了,来过麦的人,即将拉上新打下的粮食,背着主家新蒸得的馍馍,不知要行到哪处。等活计干完,余了粮,饱了肚,腾了空,庄上人又要让她忙起来了,椿儿直感到比往常更多的酸楚涌上来,多到比她整个人更大,把她浸在里头。

麦茬儿

隔了两夜,徐多友都没来。

椿儿使劲合着眼,不想感觉到天光透进来,仔细分辨这些天是不是做梦。她何尝没做过梦,梦没有那么稠密,梦像凉了的稀饭汤,轻薄透亮,你得拿肚子去暖和它,不是它暖和你。她听见有人唱着歌由远及近,翻起身来,却不是他,也不可能是他,歌又带着人远去了,椿儿也只是抱着腿愣着,愣到看见簸箕里多了块白石子。这石子以前是没有的,昨晚上更是没有的,她蹲着身子,脚蹉着地挪上前捡起来细看,上面绑着张字纸头。椿儿忽地跃起来,浑身像被火燎了,她认得那是火车票,是没用过的火车票。

来路去处,全没主意,几时走,怎么走,全没主意,让人逮着怎么办,全没主意。椿儿哆嗦着,把那株酸枣苗子连土倒在包袱皮上,束起来,又挥起簸箕朝仓神砸去,那像似是酥心的,没几下竟粉碎了,椿儿咬牙道,看了这么多脏事,回天上也没脸,你要还想当神仙,干脆别要这个泥身子。

村里晚上有戏有酒,椿儿隐约听着,硬啃了两个窝窝,只觉这天分外地长。她盯着被自己踢倒在地的便盆,倾翻污秽被土地吸纳,忽然打了一个激灵。如果她会错了意呢,如果那不是车票,如果根本不是他,如果谁也没来呢?椿儿咬着拳头,什么声音也没发出。

直等到是夜过半,徐多友才来。他没敢掌灯,摸索着试了一把又一把钥匙,掉下的汗珠子比割麦的这些天加起来还多,终于打开门的时候,里头的女人从黑暗里一头冲出来,没看他便朝前跑去。

她扎进广天广地,远远跑出去了,留下倾颓的墙、油泥的被、透进来的东西南北风,留下老鼠尾巴在地上拖行过的痕迹,留下她亡夫阆族男子在她耳边污秽的声息。黑夜里她几乎认不出这个村子,只想挨家挨户踹开每一扇门,当着他们老母妻小,羞辱男主人丑陋的身体。可是她跑得太快,快得把这一切念头都甩下了,麦浆温厚的气味在风里淡去,取而代之的是树皮草根的清冽。林子坡下,她似乎看到了阔别几年的婆婆，那人影定定的，转过头去，没追也没喊，究竟是不是人影，也无暇回顾。虎啸隐隐，山林颤动，也像醉了一般摇摆，踉跄，坡里庄口口相传的猛兽追赶着，埋伏着，滚雷一般地迫近着，徐多友已经追上来，跑到她前头，她背着那株树苗，咬着男人的背影一步不落地甩动双腿，前头的路又多又长。

割断的麦茬儿直指苍天，不知痒痛，残破的泥土匍匐喘息，望着月亮以期来年。

车程不长，椿儿却踏踏实实睡了一路，错过了沿途所有她想看个仔细的风光，只觉得周围从没这样吵，心里头也从没这么静过。

徐多友安顿下椿儿，交代她要是有人问，就说是一个人上车的。她这才知道徐多友只买了她的这张票。这些天的工钱他尽数匀给同来的三个短工，不然六爷爷也不会被灌得钥匙串子没了都不知道。徐多友躲着巡查，又在车上跑了一路，到站前才来叫醒椿儿。

椿儿仰着脖子，她的手攥着徐多友的手，生怕仰倒了。车站那座四面都是钟的钟楼高耸入云，绿色圆顶上伸出一根长刺。路两旁是规规整整的树，树后头是漂亮的洋房，屋顶都插着红旗，每一扇窗子都亮晶晶的。徐多友拉着她排进一个队伍,队伍几乎是方的,看不清是横着排还是竖着排,椿儿只管四处瞧。

"你姓啥?"徐多友对着她耳朵喊道。

"他们给俺写的董氏,卖俺的姓董。"

"你本姓呢?"

椿儿摇摇头。徐多友低头瞧着她,他头一回消消停停地,没遮没拦地瞧她,暗红褂子汗湿的领口结出一道白霜,像家里晒的地瓜条,后脖颈上一颗枣红的痣,在打绺的头发丝儿里藏着。这是坡里庄不存在的女人,她曾抱着一棵绿色秧苗,从黑影里钻进阳光,露出一半白里透青的窄脸,一道浓重的弯眉,半边鼻子和嘴角,另一半仍在暗处,整张脸被那窗框箍着,像洋人的油画。她兴奋地看着周遭万物,无知无觉地谈着从前,他在心里字斟句酌,却不敢答话,仿佛她受的委屈有他一份罪过似的。

队伍到头了,为首的女干部招呼他们上前,安排给小课桌后面的书记员。椿儿本来担心要被盘问,印着章子的新证件已经到了她手上。她故作镇定地走远了,立刻接过那张硬纸。

"咋念?"

徐多友上过私塾,刚才登记,都是他一手写

了，书记员誊抄上去的。而椿儿的眼神没法从女干部的身上移开，她穿着制服，同样年轻的线条被宽皮带勒出体面和凛然，周遭全没有那种椿儿熟知的眼神；她表情坦荡，语速慢却响亮，像是身体里淌着一条耐心的大河；她戴着解放帽，看着比椿儿高半头。椿儿在村里的女人里算个儿高的，婆婆不无得意地朝人炫耀过，高媳妇壮门面。椿儿比量着，她的鞋底厚，自己只穿了双薄底子布鞋，再去了那顶帽子，也未必就差多少。

"木春轩——'椿'字拆开是一个木一个春，木头的木，春天的春，轩就是小窗户。"徐多友点着那三个字答道。

椿儿知道他说的是二人初见的小窗户，啐了一口。

"这是能写到名字里的？人家笑话不笑话？"

徐多友念了一首诗，说是诗，实际三字五字的，不很齐整，意思也不明白。

"写这个的人老婆死了，这个人想着她原来在窗口梳头的样，自己都想老了。"

椿儿扬手往他臂膀打过去，让他吪到地上，自己用脚蹉那吐沫，恨不得磋出火星子来。

"我还没过好日子呢，你先想着我死了！我还叫椿儿。不叫木头窗户。"

"你也想一个咒我的事,扯平了。"

椿儿揉着手,她打在徐多友的肉上,倒是她的手疼得火辣辣的。一排大卡车从站前街开出来,车斗子里扎绸子的年轻人敲锣打鼓,齐声歌唱,不惜力气。

"那我给你生个儿吧,半大小子吃死老子的大儿。"椿儿弯弯的眼睛忽然一睁,"嗻,我酸枣呢,酸枣没了!"

这个儿子没伤害到徐多友,却害得椿儿差点没命。每年过年前去洗澡,小鹊的眼神都会绕过母亲身上触目惊心的伤口,哪怕只是看过那伤口的表面,任何一个人都开不了口劝这个身体的主人再生一个孩子。在之后的某些瞬间,小鹊甚至想多递一盒火柴头给那个反反复复受同一遭罪的女人,哪怕她因此不能来到世间。

大明湖

椿儿第一份工是给徐多友送饭,徐多友的第一份工是拉砖。徐多友的工发钱,椿儿的工省钱。

二人来时投奔的亲戚是族叔徐贤彰,彰叔有个修钟表的小铺,前几年时常不敢开门,太平了才重新开张的,一家人招待得宜,他们却住得不自在。城里新进来的人不少,找活儿的,要救济的,日日去排队,队伍也不见短。彰叔已经有个小徒弟,徐多友怕人多心,去铺面帮忙只做扫洒跑腿的活儿,不往近了凑。夜里小两口在老太太屋脚打地铺,中间用几张靠背椅挂了大衣服遮挡,通腿躺下。老太太虽然耳背,觉却轻,夫妻俩常常连句悄悄话也说不成,新婚多时还没亲热过一回。有了这份工,椿儿催着找了间屋搬出去,临走给彰叔全家纳了一筐鞋底子。

那老城墙远看已经不成个样子，砖却是实实在在的好砖，烧得整壮，没多久拆得七七八八，刨去炮崩裂的、带枪眼的，便一车车往城里运，再分成几队。跟徐多友一块儿干活的丁宝兴是本地人，原先给日本人开车，后来给大头兵开车，他说不管谁来，路上有车辙，他就有饭辙。丁宝兴人脸熟，能钻挤，骑驴找马的本事不曾放下，没几天就盘下拉砖料的活儿。临换岗，丁宝兴拽着徐多友进大明湖工队，告诉他那边不管饭，但是发补饷，能多落下钱。

"这人精着呢，他叫去的都是勤力人，卖了人情不说，他去了还能躲懒，光开开车就行。"椿儿怕徐多友吃亏，"不就是开汽车吗，路是平的，我学我也会。"

"能多落下钱，多干点儿多干点儿呗。"

椿儿天天挎着篮子给徐多友送饭去，没几天路已经比徐多友还熟，水漂也打得溜极了。吃晌饭的男人们见了她，就要叫弟妹打个水漂，还有人抢着给递石子儿。椿儿不接，用脚在地上扒拉[1]，找

1　【扒拉】随意翻动。

个可心的才捡起来，放手心搓净了，再在嘴边吹两下子，朝水面一削，一连几朵水花渐次荡开，她又黑又长的眉毛下也倒映出白闪闪的波光。徐多友的脸在一众喝彩声中展成了花儿。椿儿不来的时候，他们比赛往湖里撒尿，椿儿来了，就得上树坑后面解决。可椿儿来总是好的，丁嫂来也好，有娘儿们来，尤其是能说会笑的娘儿们，总归是好。丁嫂没名字，户上就叫丁花氏，她嗓门大，外号喇叭花，带着丁明、丁亮两个小子还不少干活，肚里那个说话间也到日子了，两个男孩跑前跑后，也得亏是她，能把父子三人喊回一处。

大明湖淤了多年，臭，虫子也多，周边楼台树木更久疏照管。早先定下的主意是干脆把它填了，有人不同意，好容易打下来的国民党军指挥部，应该留下，让老百姓看看反动派是怎么糟蹋名胜古迹的。后来来了新局长，有文化，会写诗，湖保下了，清淤砌石岸，还能以工代赈。

活儿虽是重活儿，却是定量的，徐多友干得利索，丁宝兴就能在车上多打个盹。他多下的力气没白费，丁宝兴跟监工潘芹混熟之后，听到了面粉厂要人的信儿，要能认字，会算数，身体健康，没有传染病的。丁宝兴给徐多友要了名额，等工程完了，他们一块儿去考试，他认字算数不行，胜在眼神好。面粉厂还有拉地排车的活儿,不是正式工,家属优先,只要能跑,脚大脚小的都要,媳妇们也能拿份钱。

椿儿喜欢大明湖,送完饭也不回去。收工的时候徐多友总走在最后,把干活儿的家伙收拾得利利索索的。这时候丁宝兴从湖里涮涮脚丫子,趿拉上鞋,催他回去,笑道,别傻忙活,有劲头留到晚上。

椿儿很快怀上了孩子。因为不敢多抽烟,她比从前怀孕的时候脾气还大,夜里常常惊醒。她难以不为先前在谷仓无数次尝试勒紧肚子、蹦跳,吃下烟叶,吃窗口灰色的冰凌,也糟践不掉的肚子生出莫名的担忧。不知道哪里来的念头,总觉得轮到必须生的孩子,反而会横生枝节。她处处加着小心,到日子了,胎养得太大,她的气力从前前后后撕裂的血口倾泻殆尽,最后只得划开肚皮。椿儿再睁开眼的时候,一个与徐多友一样方方正正的小黑脸,光着脑袋,被递到她面前,疼痛和乳汁同时涌出。她心想,说到做到,这一桩心事无论如何算是了了。

小板凳

今天是白衣头一回看上《地道战》。这电影别人都看好几遍了,只有她回来激动得不行,一直哼着那里头的歌。

王福霖是大夫,小凤是护士,家里两个全职工,日子倒比院里五六个孩子的单职工家庭还紧巴。白衣的裤子从拖着地穿到接两截布头,学校里春游秋游她就得请假,运动会走方队要用的白鞋也是管二梅借的,二梅的姐姐大梅有穿小了的旧鞋。

"谁带她去的?"王福霖问小凤道。

"学校组织的。"小凤道,"二梅她妈知道了,小鹊就知道了,让二梅给你闺女带的票钱。"

"显她能了。"王福霖不悦,"以后都她管?"

王白衣不知道这个"她"是说二梅、二梅妈,还是她自己,也不敢问,听到后半句才明白是说小姨。她看出爸更不高兴了。爸阴天下雨就不高兴,两三年前,爸被冯院长带人打得皮开肉绽,给担架抬回来扔在地上,妈抱着还没断奶的金星只剩了哭,家里的箱子搜了个干净,虽然抄出些舞曲歌本,好在都早已打了大黑叉,写了"毒草""批判"字样,勉强不算大过。单位不让给爸开药,熬了几天,抹了小鹊带来的药膏,没几天就好了,只是落下了腰疼的毛病,受不得寒潮疲累,一变天疼得厉害,每当这时候,白衣常听见爸埋怨妈,因为当初是她劝爸好歹抹上药,比干疼着强,爸说早就知道不行,这种民间偏方要是有用,还要大夫干什么?

　　白衣用吊针瓶子灌满了热水,拿毛巾包起来,用橡皮筋捆上。小凤喂金星吃了个鸡蛋,壳拿擀面杖碾碎了放炉子边上,等烧成末,那是给他补钙用的。红旗用身子挡着,伸手指一下一下偷着蘸了那粉末,往嘴里送。

　　"给你弟弟看病,欠单位这么多钱,等于我和你爸上班都是白上,养活你们不容易,你欠了人情不还要我们还吗?老大得懂事,你要是不懂事,把我们累倒了,这个家就完了。"小凤的警示让白衣羞惭,原来那场电影给她的每一分快乐都源于她对家庭的不体谅，竟然以为天上掉下来的馅饼是理所应当。

"可怜天下父母心，多少人饭都吃不饱呢，得知道感激。"王福霖欠着身子，让她把热水瓶子替他挤在腰和椅子之间，小凤专门缝的靠垫上。

白衣点点头，拎着小板凳出去，她走出多远，王红旗的歌声就传出多远。

"太阳出来照四方，毛主席的思想闪金光……"

妹妹给爸唱个歌，我帮妈干点活，他们休息好，我们姐弟仨才有饭吃。白衣摸着光溜溜的小板凳想，洗菜够不着水管子能踩着它，洗衣服能用它别住搓衣板子，我要向这个小板凳学习，个头小用处大，脏活累活都不怕。有用让她踏实，她怕的是干害怕。

白衣喜欢听院里的婶子大娘说话，她们教给白衣省事省劲的办法，让她干完了去跟其他孩子玩去，可她总会迫不及待地回去献上劳动成果，问小凤还有什么能干，于是会有新的安排，填满她闲着也是闲着的时间，如果能获得一句表扬，她将脚下生风。

她相信生活在父母的操持下越来越好了，家里多了的这几件家具就是证明。开始是一张条凳，后来又添了个没有脚的柜子、四把电镀椅、一张办公桌，这都是医院里换新替下来的办公用品，成色相当不错，红旗和金星再也不用像她那样坐在小板凳上写作业了。听说压了爸爸多年的冯院长被调到下县，评级的事终于有眉目了。王福霖工作多了起来，在单位说话的分量大增，腰痛得少了，人仿佛更高了。

门口的条凳上仍永远卧着一个长长的冬瓜，切下一片，还有无数片，切到头儿会有一个南瓜卧在同样的地方，循环往复，其他菜不时会有，渐渐地，白衣也一一懂得了做法。

美　人

　　楼下三三两两坐了乘凉的人，蒲扇间是目光织成的打量她的网，小鹊穿过这网回到家中。

　　斜子上白班，这会儿做好了饭。结婚前小鹊没见过做饭的男人，院里最勤快的男的也不会凑到水池子边上。然而从没人羡慕小鹊的男人会做饭，好像男人给老婆做饭虽奇，斜子做饭却又理所应当，且让一桩值得哄堂大笑的事情变得其情可悯，只可背地偷笑。

　　小鹊养在阳台的花也被浇过水了，水泥地面上还有拖把留下的水迹和湿布味。斜子沉默地忙碌着，听见小鹊回来嗯了一声算是招呼。吃饭，刷碗，剔牙，把牙签掰断一半留着明天再用，听广播，打毛衣，把毛衣折起来留着明天再打，等关了灯,她会遵从婆婆的嘱咐,把绣了荷花莲蓬的枕头垫在腰下。

她对两口子那事儿谈不上厌恶或忍耐,只当是一个工序,好比你要做饭必须烧火,不然就吃不上饭一样的工序。你不爱烧火,也没必要诅咒烧火,这就是讲道理。灯乍一灭,李斜子的鞋踢在床边,她听着那鞋一反一正,一近一远地落地,她很想让他摆正对齐,又怕"正""齐"这种字眼让他不痛快。身体重叠了,他的脸在窗帘透的微光里渐渐现出轮廓,她不知道他有没有看她,因此不知道该不该对视,其实四目相对的难度甚至远胜过交合,她只能将窗帘和眼睛再闭严实些,枕面上绣的莲蓬蹭着她后腰的皮肤,疼但也不是太疼,她没怎么动弹,也出了一身汗,也许不是汗,是斜子身上的热气遇着冷的她,结成了水珠子。摇晃中的某个时刻她变成了还是个胚胎的自己,冲进黑暗的甬道,重新被安置进妈的肚里,被无边的温暖和仇恨包围。她身子一激灵睁开眼,斜子俯倒在她身上,滑了下去。半晌,她越过熟睡的丈夫下床,用他提前接好的半盆水洗了洗——明早得趁早倒了它,楼里的人眼都尖着呢。水盆里波光未停,她重新将窗帘拉开了一条缝,如此只要天光一露,她就能如约醒来。

小鹊怀上了，怀到十四周，孩子没了。

在这段时间，小鹊的悲痛不止微不足道，简直不合时宜。斜子坐了一夜，喝了整瓶白酒。第二天小鹊醒来，见他趴在床沿上睡着，起来一摸暖瓶，塞子不知道什么时候裂了个缝，里面的水早凉了，只得先烧水，冲了点醋给男人灌下去，自己则冲了点红糖。

李奶奶照料了她两天，分不开身，叫她喊娘家妈来，小鹊答应了，却没去叫，也不见人，只在家躺着。小凤从妇幼院的护士那儿听说了，让白衣拿上十个鸡蛋去看望。

"好歹找着机会孝敬你小姨了，还不赶紧去一趟。"

"小姨什么病？"

小凤抿嘴笑笑不答。

"么病没有，是你姨父不行。"

"不知道你闺女的嘴没把门的吗？别跟她说这个。"

前两天白衣确实挨了一巴掌，红印子肿到第二天。为的是全院组织向毛主席鞠躬告别的时候，所有人哭成一片，就她心里揣着问号。

"妈，'万寿无疆'也有头吗？"她抬头看了半天,问小凤道。

小凤一个巴掌甩上去,王白衣跌在地上哇的一声哭出来,几乎跟红旗哭得一样大声。

小鹊坐在被子里又围着被子,像被子里生出来的,她头发全扎在后脑,漆黑的长眉浮在脸上,额上扎着一根黑绒布带子,使得她看上去有些像姥娘。白衣摸着她脖后侧一颗圆圆鼓鼓的痣,那颗痣和姥娘、和妈,也都一模一样。

"多长时间能好?"白衣问。

"现在就好了。"小鹊道。

"我妈让带话,一个月才能干那个,干哪个她没说,说你知道。"

"别叫姨父听见。"小鹊摇手道。

斜子把门关得山响,裹着一身酒气进屋,听见白衣叫姨父,闷声答应。地上那十个鸡蛋好像秘密的败露,刺心刺眼。

"咱爸回家了吗?"小鹊找话说。

"回了。"斜子答道,"楼书记被省里带走了,还要问话。"

"爸人没事就行,能提前退休也不孬,没什么大不了的。"

"怎么没大不了? 敢情不是你爹。"

小鹊被噎得眼圈一红。姨父不如之前和气了，白衣想，心事多人就顾不得和气。她跳下床，把凉在陶瓷缸子里的茉莉花茶端给姨父。

小凤既知道了，也没有瞒任何人的必要了，小鹊让白衣给姥娘话的时候缓着说，别让她着急。

"姥娘不愿我们去，说见着小孩儿就嫌烦。"

"那你去了怎么样？"

"给买冰糕。"白衣补充道，"是为了糊住嘴，别闹腾她。"

小鹊今天第一次笑了，想起出嫁前遇到白衣回姥娘家，椿儿老叫她洗牌拿牌，一会儿她就打得比老妈妈们还好了，等玩到小凤来接了，椿儿就骂骂咧咧把白衣从膝头轰下去，"外甥[1]狗，吃了走，就不该让她来。"

白衣喜欢姥娘，喜欢闻她烟锅上陈年的烟油，喜欢喝她刚晾凉了的酽茶，但椿儿很不愿意别人喜欢她，还说白衣以后必定是个烟鬼，会长一嘴大黑牙，一笑就露馅，她打牌输赢都要骂，嗓音像她那些破衣烂衫一样漏着风，齐耳的乱发被蒲扇带得黑白翻飞。

"你妈给你说过吗，姥娘以前不这样。"

1　济南方言中，"外甥"多指外孙。

"是什么样?"

"是大美人。"小鹊道,"比你妈还要好看,我有她们一半好看就俊多了。"

白衣觉得小姨自然比姥娘好看,小姨家也比姥娘家好看,小姨这么说,是出于人人都具备的良好品质,谦虚。她把鼻子贴近窗台上粉红和淡紫的团菊使劲吸气,吸到最后像是丧失了嗅觉。那是白衣最后一次去小鹊的这个家。等白衣再抽出空去找小鹊,敲错了门,才得知小姨一家已经搬到了对门。她这一敲错,引出好几家站出人来,她什么也没问,已经什么都听说了,厂里说李斜子两口子工级不达标准,房子批文存在违规,看在死去的老徐面上给留了房,于是乎朝南变朝北,大厅变小厅,那个家的外墙贴着水池子,屋角潮乎乎的,窗外也有个树冠,是棵臭椿,而斜子家没有一个人说过一个不字。王白衣站在楼道,像站在一本书的书脊,她的右边是崭新的生活,而左边属于小鹊的那一页,已经被掀过去了。

无花果

搬到小鹊旧居的一家四口都戴着眼镜,一家人一样的清瘦斯文。每到周末那屋里会传出乐声,有手风琴、笛子和口琴,唱歌还"分声部"。他们把小桌支在了本属于他们门前的地方,窗户里拉出一根电线连上台灯,有时两个大人下围棋,有时两个孩子坐那写写画画。总之,邻居们再没空地堆东西了,连红盆都只能被收回斜子家。

"你俩属发面团子的,随便让人揉巴?住都住了,能给你们撵出去吗?"范益家的叫住斜子和小鹊埋怨道。

"风水轮流转,树倒猢狲散,他们家受罪的时候说什么来?"斜子道。他还想着屋里那些亟待安置的家具,他引以为豪的四十八条腿挤在窄小的房间里,斜子已用带一对抽屉的长桌换了一个黄漆方桌,这方桌是家里唯一没有贴着喜字的家具,局促地站在原先配套的椅子中间,显得滑稽。

"还能让他们这伙儿翻个个儿吗?"范益家的把声音压到她能做到的最低问道。

斜子还想说什么,小鹊拽拽他的衣服。

"公家的房就听公家安排,有人还住宿舍呢。我们家人少,这就不孬了。"

眼镜家的女人挎着包出门,见着他们笑了笑。

"邓老师,出门啊?"只有小鹊招呼道。

"是呀小徐,我去大众茶庄,你们有什么要捎的吗?"女人又道,"我姓孔,我爱人姓邓。"

三人没有什么要捎的,只目送着她下楼,拐弯进车棚,久久无声无息,似乎如能看得再远些,他们很愿意目送她走进茶庄,走出茶庄,在她回来停下车即将重新上楼时再若无其事地转开目光。

"谁管你姓什么?"范益家的嘟囔道,"还不知道到哪天呢。"

小鹊怕惹事,怕被人听见他们心有怨言上单位告状,回屋后心里木乱[1]了好一阵。斜子说不怕,都这样了,还能怎么样,总不成让他们睡大街。天

---

1 【木乱】心情烦躁,焦躁不安。

日渐冷了,斜子越发少言寡语。小鹊虽养好了身子,他极少再提起要孩子的事,偶尔借着酒意行事,不及如何也便收场。

李奶奶也再没来过他们家,有人说曾看见她半夜带了石灰来,浇死了那棵香椿,无花果倒是撑着没死,只是从那年起再没结果。

李爷爷的事一直被人说道着,说他为厂里的新人新气象气急败坏,每天为楼书记奔走。直到楼书记被一撸到底,李爷爷仍拒不交出他那把保险柜钥匙,爬上楼顶又哭又骂。那保险柜足有一个成年人伸展双臂一般宽,半嵌在墙里,构造精绝,固若金汤,若非四人同时在四角插入钥匙,绝无可能撼动它一分。

楼下站了很多人,李爷爷冲着楼下的很多人痛心疾首,申告着只有他知道楼书记的不白之冤,反对派坏分子摇身一变成了好人,那过去的这些年算什么?他的呐喊让人相信,如果他能化成雪,他绝对会在六月里为楼书记飘摇而下。李爷爷是那么慷慨激昂,他所说的一切他都相信,跟不久前楼书记上台领奖时说话的样子一模一样,只是这次既没有掌声献给演讲的人,也没有人从台上下来拍他的肩膀。

李爷爷忽然停下来,他发现楼下聚集的人几乎全员沉默,仰头看他,像看一条吠哑了的老狗。李爷爷朝楼边上走去,这个楼顶他来过很多次了,楼正面的墙体上原本刻有一朵菊花,相传是日本人留下的,楼书记命令去掉,李爷爷自己从楼顶垂吊下去,断断续续花了几天时间才把那纹样锉下去,仍不甚平整,但远看已不明显,后来李爷爷再次垂吊下去,饱含深情地在原址加装了一颗红五星。李爷爷想,这些天他都没注意那颗星还在不在,他不想再鸡同鸭讲,似乎眼下头等大事就是看看那块墙面,这次他没有系绳子,也不需给自己做任何动员,他弯下去,探下去,楼下的众人终于骚动。

"老李,下来!"李爷爷一阵心热,往下一看,喊话的却是施镇越,原来这个二鬼子翻译官也被放回来了。李爷爷不想再听他们说什么,他一头栽下去,坠得太快,没来得及看到墙面上的任何东西,脖子上那串钥匙,与他同时落地。

连夜去讨说法的李奶奶在后巷"摔倒"了,被几个人泼了粪水,还撕了裤子,昏倒在地沟旁边,天亮才被人发现。李斜子来背走了他妈,小鹊发现带来的毛巾不够擦洗什么,只能不擦了,用那毛巾替李奶奶遮着头脸。

"洋白面，雪花糖，李奶奶的腚，小肥羊！天上云，地上霜，李奶奶的腚，白菜帮……"斜子背着李奶奶，小孩儿追着他们直到巷口。棉絮从李奶奶的破烂的棉裤里钻出来，绑腿松松垮垮的，露出的脚踝像一段削了皮又搁置太久的莲藕，透出泛青的枪灰色，连接着布满曲张静脉的小腿和那双裹过又放开的、变形的脚。

走到护城河，李奶奶叫斜子放她下来，去借个家伙什给她舀水洗洗。

"你怕不怕累赘？"斜子一走，李奶奶坐在河沿上问道。

小鹊哑然，无从回答。

"问了也是白问，谁不怕累赘，我自己也怕，何况你俩，你俩够难的了。你要是难为得慌，我就带你弟弟一块儿走，绝对不怨你；你要是愿意把他当个狗养着，我就不家去了，我一会儿也不想待了。"

"妈！"小鹊惊叫了一声。

把婆婆叫妈她总会别扭，每次开口前都在心里打磕巴，这次却冲口而出了。小鹊蹲下身子，伸手拉住浸透粪水的李奶奶，想劝，该劝，不知道怎么劝。她第一次和婆婆这么长久地对看着，李奶奶沟壑纵横的脸上,仍是那副除了面对李爷爷,从来不容置疑的神色。小鹊两行眼泪滑下来,极轻地点了点头。

"心慈遭罪啊,傻孩子。"李奶奶最后笑道,"糟蹋你这两条好毛巾了。"

端着一个瓢回来的李斜子,看着母亲立起身一跃,在此之前,想再次拉住她的小鹊被甩倒在地,头磕在石沿。河面溅起水花,石头溅起血花。

垃 圾

"五九六九,河边看柳",说的正是这时候,柔软的新枝摇晃着明黄的嫩芽,衬托得太阳更亮更暖,殊不知水面寒凉未尽。

李社会和徐小鹊还没有孩子,就有了一个孩子,这孩子身高不详,体重一百六十斤,是小鹊的两倍,喜欢吃蚂蚁,会跟小孩儿拔老根儿。他吃饭要把最大的一块肉挑出来,等着和妈一起吃,留到干了臭了也不让碰,妈也再没回来。这李主义闷闷不乐了一些天,逐渐把这个照顾他的女人当成新妈,那肉也就夹进了小鹊的碗里。

小鹊和斜子轮流去老屋照料李主义,俩人都要上班,交接不上的时候只能给他锁在屋里,一个没防备,李主义独自跑出去,至夜未归。小鹊守在老屋门口,斜子在周边堪堪找了一夜,天蒙蒙亮的时候,认识他们的人来报信,说李主义被车轧了。

轧他的是每星期来一趟的垃圾车,李主义虽然伤重,但仍出力挺身、翻滚、挥舞着手脚,喊叫着妈妈,司机同闻声而来的居民都不敢靠近,小鹊跑过去揽住他,他才逐渐平静。李主义被抬上垃圾车,小鹊怀抱着这血山一样的人,无法辨认的体液浸湿了垃圾,他们也成了垃圾的一部分,等拉到医院,李主义已没了进气,再晚一会儿谁也救不回来了。小鹊守了一个多月,人熬瘦了一半,李主义也救回来一半,腰以下确定是瘫了。

王福霖那段时间时常值夜班,李主义的治疗他没少帮忙,闲来也去看顾一会儿,替换小鹊休息。

"斜子头前没和你合计合计啊?"

"合计么啊,哥哥?"小鹊对不计前嫌的姐夫打心底里感激。

"你们再晚点去,这事不就了了吗?"王福霖恨铁不成钢地点明,又怀疑地看着她,她必定早知道他的言外之意,却佯装不解,哄骗他来把这难听的话说出来。

后来这段是白衣听得父母闲话时说的。

"她没那么多心眼子,但凡早听一句,能少吃多少亏。你看看,救回来个瘫子,这下子可毁了,他那个大身子,以后不能动了,肯定越来越沉,你要是有办法,就帮帮忙。"小凤叹气,又叹气,似乎刚被提醒,那个瘸着腿忙碌的瘦弱身影,正是她的小妹。

"这还用说吗,那是你妹妹。"

白衣没想到,爸平日看不上小姨和小姨父,关键时刻还是一片好心。妈也是那样善良,就像她的自我评价一样,刀子嘴豆腐心。大家都是好人,只有车可怕而可恨,她看着旁边睡着的红旗,努力不回忆起前不久的那一夜。

人　脑

院前街有个人被轧死了。院前街这个被轧死的人和王白衣家没有一分钱的关系,王白衣家却大乱一场。

哭骂嘈杂,臭气熏天,满地狼藉,白衣放学回来家里已经翻了天。金星趴在小凤肩头啜泣,气若游丝,红旗跪在王福霖脚边,呕在地上的水酸臭异常。

车祸惨烈异常,赶车的人上半身被碾得稀烂,下半截一如生前,好像拽住那条红色的麻花腰绳就能扶他起来,倒地的骡车只剩了车,那惊了的马骡不知去向,肇事的大车逃之夭夭,但有人看出是辆砂石车,找到单位不是难事。街上围满了看热闹的人,有几个大小孩儿骗金星,说脑子不好的人,吃了人脑子就能治好,以前老谁家的小谁,吃了杀人犯的脑子,再也没发过病。几个捧哏的都说确有其事,金星听了这番话,就往人丛里钻去。人墙再密,也能透进一个小孩儿,能透进一个小孩儿,就能透进另一个小孩儿,另一个小孩儿比他迅捷得多,先于他扑在那红红白白的一团上。那像饿犬一样趴在地上用手护着吞食的小孩儿,正是红旗。最轻佻的人也张口结舌,随着金星的哭声,人群骚动起来,隔开了孩子们。

金星追不上红旗,回家就哆嗦上了。他病虽好了,却落下个抽羊羔子风的毛病,一着急整个人就朝后仰。

小凤把儿子塞给王福霖,自己抓住红旗狠揍了一顿,红旗吃了那堆东西本就强忍着,一挨揍吐得停不下来。

王福霖让白衣把红旗领走冲洗,回来拖地,白衣吓得脚软,也只能硬着头皮照办,本来她也想吐,想到妹妹身上那血是人血,忘了要吐,闭上眼睛猛拖,身子不由自主地打寒战。

"揍她干么?你又不是不知道,那就是糊弄人的。"王福霖忍不住数落小凤。

"没用她也不能抢。"小凤沉了沉又说道,"万一呢?这个妮子,就是发坏。"

晚上红旗喝了没几口稀饭,又吐了,睡下后还起来干哕了好几回。白衣起来给她拍背,不敢大声,拖过痰盂坐在她边上,暗夜里只觉得她刚开始吐的还是酸的,后来的已是苦的。

"全家就你最精,你怎么想的呢,去吃那脏东西?你吃那个干什么?你又没病。"

"没病的吃了更聪明。"

白衣没说话,她不以为然的时候不说话,跟她心悦诚服的时候一样。

"我问你,金星要是全好了,咱爸咱妈还要咱俩吗?"

"怎么能不要呢?都是亲生的。"白衣奇道。

"咱妈为了生金星下了多少工夫,使了多少招啊,你不知道吗?单位开除她她都不怵,还骗了一份带大钢印的纸。"

"什么纸?"

"我忘了。反正上面写了几月几号前怀上的小孩儿可以生下来。她装着是个妇联干部,说他们单位政策没下发,上区里重新要来一份,有了这个东西,她就拿着去找医院领导,领导不见,她就把那个纸贴在护士站,谁不让她要这个孩子她就念那个纸,后来也没人管她了。你想要是怀的是女的,她能费这个劲吗!要是金星是老大,还有咱俩吗?"

"你从哪知道的？我都不知道。"

"刘姨说的。她还说咱妈当时为了怀孕都不让咱爸爸加班。"

刘姨是刘映红，护士站的碎嘴子。

"你小小的孩儿家，不要学舌。"白衣红了脸，"那是不是因为妈这样，咱家才来人抄家啊？"

红旗喝光了一大缸凉白开，她老是咬缸子，把搪瓷缸子的边嗑得豁豁牙牙。

"那是因为咱爸，他被治是因为他举报冯院长和康剑兰值班的时候搞破鞋……"红旗趴在白衣耳朵边上说，"这是我偷偷听见……"

"小孩儿不能说这个。"红旗还待说什么，白衣打断她，"谁说的也不一定对。你赶紧睡觉吧。"白衣夺过缸子，把红旗摁进被里。

白衣闭上眼，心里乱糟糟的，怀孕，破鞋，人血，人脑子，呕吐物，牙齿和搪瓷的摩擦声，在脑子里放嘀嘀筋儿[1]似的；谁是好人，谁是坏人，也想不清楚，首先爸妈一定是好人，一基于此，就格外想不清楚了。

1　【嘀嘀筋儿】一种焰火，点火后可拿在手里。

旧 书

斜子本打算搬到老房,照顾弟弟,谁知这时小鹊发现自己有了,为免奔波,改成把李主义接到了他们家。斜子搬走一个脸盆架子、一张梳妆台,只将梳妆镜留下,竖在写字台上,脸盆挂到墙上,空出的地方支开了一张行军床。像小凤总挂在嘴边的一样,"面包会有的,牛奶也会有的",王福霖不负所托弄到一台轮椅,白天总不必让李主义一直躺在床上了。

斜子像上了发条似的,他不再拎着酒瓶出出进进,忙着用裁开的面布袋,在客厅里给弟弟隔出一块单间,给将出生的孩子准备起摇篮、围栏、小床、高脚椅子。听闻用黄河沙给月娃娃垫着不长疖子,那就挖沙子去;用荞麦皮装豆枕[1]能长个好头,那就淘换荞麦皮去。如果这世上有什么比酒更好使的,那可能就是盼头。

"你姐说了,这回再掉了可揣不上了,爬高上梯的慢着点。"看着他忙里忙外,小鹊烦恶异常,一走快了身子歪得厉害。斜子一步不离地跟着。

楼梯上不知被谁装了一排扶手,木料光滑,榫卯结实,扶手较一般人合适的身高微低,似是专门为小鹊打造的。邻居告诉小鹊,是对门眼镜儿家的手笔,小鹊呆了呆,到家拿了两瓶罐头,梳了梳头,敲开原先自己家的门。

邓老师一家正喜气洋洋地摊开一地旧书,尚有没拆的还捆着麻绳。满地的字在四副眼镜的注视下闪闪发光,又随着他们的翻动荡漾起凉津津的霉味,诱惑着又令人戒备,小鹊像是忘了要来干什么,悄悄地深呼吸,也许她没有呼吸,是那气味趁她动都不敢动,钻进了她的鼻子。

得知她是来道谢,邓老师表示只是举手之劳,前几年学的手艺回来还能用上,他也很高兴。孔老师见小鹊的眼角在书本上扫来扫去,拉着她问上到什么学,想看什么尽管问他们借。小鹊红了脸说,

---

[1] 【豆枕】枕头。

她认的字恐怕还远远不及他们家十三岁的小女孩。一家人全然不觉得有什么为难,拖过箱子争相向她推荐。

这些书是他们刚从有关部门领回来的,大多数是夫妻俩之前的藏书,相隔多年,认领时间紧迫,难免自己的书册不能尽数找到,也难免领到了别人的,遗憾之余也算有意外之喜。他们为小鹊挑了些历史连环画,适合儿童的睡前故事书,知道她爱养花,还送了一本家庭盆花栽培指南。

"净弄些没用的,占地方。"斜子见她拿回书有点不高兴,地上还有待装的学步车。

"对门一家人可赛[1]来,围个圈盘着腿坐地上,也不嫌凉,互相说话没大没小,嘻嘻哈哈的,真喜人啊。"

小鹊端着那几本书,在愈加局促的房间里转了几圈,不知道放在哪里好。刚切开的木料有着树生前的气味和干燥它的风的气味,斜子蹲在地上比对木料,对别人家的事不萦于心。小鹊摸着书的封皮,书皮早因反复摩挲起了毛,软绒绒地蹭着小鹊的手指头,小鹊像踩在一小朵云彩上似的。她当然没踩过云彩,这种步履轻盈的感觉,很多年没有过了。

---

1 【赛】有趣。

鞋　垫

解放一小接了一项重要任务,在外国友人前来参观时组成欢迎队伍。学校开始一轮轮选拔举花的少先队员,据说,举花时所用的服装将在活动结束后送给参赛者本人。第一轮是指导员来挑人,圆头圆脸红嘴白牙的一律往前站,徐小鹊不但选上了,还在第一排,听完动员会,又过了初选。

小鹊一向谨慎,也许是被动员会上发放的荣誉感冲昏了头,一路上跟其他同学叽叽喳喳,蹦蹦跳跳,忘乎所以地和女生队伍走向音乐教室门口。

教室里正在体检,看到一排鞋袜在门口,小鹊雀跃的心从半空中停了一秒,沉到谷底。女生们一个个自然地脱下鞋子,进去又脱下外套外裤,屋里的衣架上挂着她们待会儿要试穿的服装,一套是白衬衫蓝裤子，一套是绿色滚白边的运动服，还有圆领红白条的上衣配红裙子和长筒的白袜子，几套衣服都配着红领巾和塑料花束。小鹊已经来不及走，也无路可走了。她看着先进去的人齐步走，手举高，手放下，看着她们依次在辅导员面前做完鼓掌举花等动作，走到墙边量身高。前面的人越来越少，小鹊每挪一步都盼着有人叫停，对她们说人够了你们回去吧。没有人叫停，她留到最后一个，那双因为父亲精心伪装而被她渐渐忽略的跛脚、萎缩而不对称的小腿，终于在众目睽睽下被郑重围观。

小鹊的秘密曝光后，她扔掉了所有木的布的皮的鞋垫子，她学会以身体和步态的平衡稍许控制，但不再遮掩这个事实。"不穿不穿吧。"徐多友笑着把她抱起来，"小小女孩，有点毛病也是小小毛病。谁要笑话你，跟爸爸说。"

没人会当着面笑话她，甚至所有人都更友善了些，连值日生都没人给小鹊安排了，体育课不但免考，老师还因为她的全勤表扬她，其余只字不提。仿佛她瘸得越厉害，别人就越应该视而不见。徐多友不知从哪里搞来一模一样的红白条上衣和红裙白袜，还有一套样式差不离的运动服，小鹊在家试了试，没有穿出门。

小鹊总是偷看小凤,像墙报上的画一样,健康饱满的小凤,看她黑沉沉的麻花辫子,油红的脸庞,圆鼓鼓的前胸,把扣子和扣子之间撑开微微的张口。爸把她接来的这半年,她又长高了,当时皲裂的手脚皆已光润,只有颧骨上还余着几粒晒斑。她俩的衣服并排飘在晾衣绳子上,如同一艘大帆船试图掀翻一尾扁舟。

　　她背后不远处,小鸿和建国他们在练铁砂掌,一帮人围着砖头瓦片大声喝叫,小鸿的声音最为洪亮;百胜的两个妹妹去跳皮筋,跟小鹊打了招呼,却没叫她同去的意思。小凤拍打了晾干的衣服,摘下来堆在小鹊怀里,小鹊面前暖烘烘的,一动不动站着。

　　"我怎么和你们不一样啊,大姐,我是不是亲生的?"

　　小凤盯着她看了会儿,她的脸自下向上看,像是在阴影里,直到她弯腰一笑。

　　"你去问妈啊,为什么你长这样,你看看妈告不告诉你。"

　　小鹊站直了,她比妹妹高了两头,目光掠过她的头顶,像高屋建瓴般看到了她这辈子的尽头,那种气定神闲,又回到了小凤的脸上。

　　小鹊真的去问了,这没什么奇怪,怪的是椿儿真的答了。答案让小鹊陷入更深的迷惘和低落,她一向知道妈对哪个孩子都淡淡的,虽然三餐备饭,四季缝衣,但绝不像别家的妈一样,也打骂,也当个宝,邻居笑话椿儿像新续弦的媳妇一样只疼男人,对前窝的孩子都不上心,却没想到她竟是这些个淡淡的之中最淡的,是还没见面就决意抛弃的那个。

她自此常常梦见被母亲关闭在幽暗中,火药的磷味在潮湿中变得像有重量,压在她身上,她自己也变得沉甸甸的,一直下坠。她在浸湿的枕巾上醒来,徐多友已经闻声过来坐在床边,为她抹了眼泪,托起她的头给她换上他的枕巾,顺着她的发丝在头皮上一遍遍捋,直到小鹊一点点在爸的掌心里睡着。

得知真相的夜晚,她曾隐约听见爸妈为此的吵嚷,爸责怪妈该当一辈子不让孩子知道当妈的打过那样的主意,该当烂在肚子里。妈也不恼,只回一句道,"那是我自己的肚子。"爸的叹息又轻又长,像火柴燃尽后的灰烟。躺在上铺的小凤无声无息,她上床前脸颊带上凸起的红手印,并没看小鹊,往上爬的时候没像平时一样把床杆子抓得地动山摇,魂儿一样飘上去了。

蝌　蚪

小鹊出生的前一年,椿儿终于进了面粉厂,成了家属工。她不识字,点数却又快又准,过她手的面口袋丁是丁卯是卯。家属工下班早,她从托儿所接了小鸿,回家焖上饭菜,坐一边儿糊火柴盒,别家一屋子女人孩子干的量,她一个人就能干,粘好了扔簸箩里晾着,等扔满了,内盒套外盒,刚好是一捆。饭得了,徐多友到家,样样趁热。椿儿把该洗的该涮的拾掇干净,待孩子睡下,这才腾出空好好抽袋烟,喝下一壶酽茶方才能睡。早先徐多友怕她不好意思,被人看见家里的烟袋,总说是他抽的,久了发现椿儿根本不避讳,当着人也抽,便也不再扯谎,偶尔见她咳嗽才忍不住劝。徐多友凑到那团烟里,想吹去椿儿睫毛上落的面粉,面粉见了水汽，没那么容易掉了，徐多友跪坐起来，用手指肚给她抹了，劝她少抽点，上火。椿儿的烟杆从徐多友鼻尖一路划拉下去，笑道，"你给我败败火。"她刚喝下的一缸热茶，顺着她已然洇湿的领口洇下去。

椿儿又怀孕了，她明明使了坐药，关键时刻还令徐多友及时撤离，还是怀了。她怀疑那东西滴在肚脐眼上也会怀，手沾了也会怀，眼睛见了也会怀，跟厂医嚷嚷完，也没回车间干活，蹲在门口呼呼喘气。有人看见她借了张网子，不知道干什么去了。

"喝了能打下来，荣光他妈就喝，没再怀过。"椿儿直着眼，什么也不打算听。她上河沟子里打来一盆蝌蚪。

"那是办事之前喝！你不看看荣光他妈多大年纪了，不喝也怀不了了！"徐多友想抢她那盆子，"多脏的水啊！"

"你怎么知道，你看见了？"椿儿怒道，但也下不了狠心往嘴里倒。

"闹吧，别到最后生个田鸡，满屋子蹦跶。"徐多友笑道。在他看来，一只羊也是放，两只羊也是放，小鸿当了哥哥，说不定还不出去野了呢。椿儿和徐多友，围绕到底是谁不愿意用那个保险套，爆发了婚后的头一遭争吵。

椿儿爬高上梯，搬东搬西，肚子勒得严严实实，烟也更勤了，安的什么心，只有她自己知道。几个月过去，全无动静，她无心扫洒，更不梳洗，原本绸缎面一样的脸上红疙瘩此消彼长，瘦身子坠着肚子，像竖起的秤杆子挂着一个秤砣。徐多友自幼当家，家务活手熟，也不在意洗老婆衣裳被街坊笑话，只盼她怀得轻松生得痛快。他越这样，椿儿越气，椿儿越气，徐多友越大事化小，好像她只是闹个别扭，一早起来就忘了。

徐多友日后常常为此后悔，他和椿儿日子不长，但心里早当有数，"回心转意"这四个字，对椿儿来说根本不存在。椿儿被邻居用地排车拉到医院时，徐多友是循着惨叫找到她的。护士抱了一条破旧的毛巾被来，问明是家属，告诉他洗过胃了，吃的是火柴头，不是盒边上的磷条。"幸亏是安全火柴，要是原先那种火柴，送来也没用了。"接着又埋怨道，"两口子拌嘴有个度，两条人命是闹着玩的吗？"

徐多友眼都在椿儿身上，水淋淋的，眼里没了光的女人，散发着陌生的气味，声音像风扫落叶似的，又沙又轻。

"俺俩没拌嘴。"

护士愣了愣,把毯子搭在她身上,把平车往前推。徐多友胡乱跟着,直想掀开那条薄毯,用自己盖住她,给她抹去嘴角的沫子,身下的血,衣上的泥,可他的腿像是千斤重,怎么也跑不到她跟前。

椿儿动动嘴角,见徐多友弓着腰追,让护士停了停。

"徐小鸿是我该你的。我说到做到,我说再也不生了,也说到做到。"她闭上眼睛,被护士推进病房,里头除了刚才接诊的大夫,还有来会诊的妇产科大夫。徐多友被关在门外,据围观者回忆,他在走廊里奔来奔去,像是一停下就有人在身后蹬他一脚似的奔去,用高亢的悲腔问人哪个科能给他骗了,他这个男人当得没意思。这件事在方圆若干里,以及此后若干年都是知名笑料。

徐多友堵得慌,他以为自己和抛家闪业的王八蛋爹天差地别,没想到他的媳妇竟然也到了宁愿求死的田地。

火柴头

娘把多友和重友放在娘家,自己上吊了。徐多友噩梦惊醒,从姥爷的炕脚翻起来,跑了十几里夜路回家,娘挂在半空,像枯枝上熟透了又干瘪了的果子。

等再见到姥娘家人,他们说弟弟不见了,说是跑丢了让过路的抱走了。徐多友在舅家讨了两年吃,舅家奔关东了,他留下来在四邻八村的给人做工,指望人头熟了,能打听到弟弟的下落,一连十几年没信儿,才渐渐淡了念头。老家人说,光棍度日,越过越恣,徐多友却越过越渴盼着哪一天能有满满当当一家人,在家箍着管着,出门荷着牵着,心里挂着念着。

这心思他本以为天经地义,却忘了椿儿看似

平愈的皮肉下还有深不见底的老伤。

椿儿知道孩子还在的时候没有再闹，在医院又住了三周以后，早产下一个小猫儿似的女儿。这次生产是椿儿耗时最长的一次，她克制着不去叫喊，仿佛这是她活该受的。

徐多友本想给女儿取名小燕，椿儿说叫小鹊，心里想着要借"缺"的谐音冲一冲，免得日后有别的毛病。徐多友答应了，说鹊更好，不俗气。女孩只有巴掌大，皮肉粉红，五官隐在潮湿柔软的褶皱下看不清晰，唯独头发乌黑茂密，弯成钩贴在脸上。徐多友不知第几遍数了她的手指脚趾，一应齐全，喜悦无尽。

出院那天，徐多友用围巾在车筐里围了个窝，用一顶棉帽子盛着小鹊，载着椿儿往家骑。女儿小脸上的绒毛在冬天的阳光里金撒撒的，骑了会儿，一直没吭声的椿儿在身后忽然伸手揽住他的腰，徐多友的眼眶一酸，忙大口吸了两口冷风。他只想赶紧回家，让她们暖和暖和，可要蹬得更起劲些，又怕风大吹了娘儿俩。

小鸿这几天和丁家三个小子玩疯了，两人本想接上小鸿一道回家，叫了几遍，他也不跟着走。丁嫂倒是早早替他们家生了炉子等着呢，见了她们，连说孩子比前些天她去医院看的时候长了不少，念了几声阿弥陀佛。椿儿接过孩子喂奶，徐多友细细端详，忍不住笑了，小闺女儿后脖颈也有颗痣，颜色还淡，长的位置和椿儿那颗一般无二，像颗小火柴头，想到火柴头，便又笑不出来。

一晃几年，小鹊虽显出跛，轻巧走着也不碍，加上她长眉圆眼，小巧秀丽模样，沙包皮筋，踢毽抓子，编草翻绳，没一样不是能手，人都道她是个小椿儿。左邻右舍都知道她是徐多友的心头肉，每每有人逗她说，你妈给你编的头真俊啊，给俺也编一个，她便着急告诉道，是俺爸爸给俺编的。小鸿从身后揪住她头绳一头就跑，小鹊吃痛，只得偏着头被他拉拽着跟着跑，喊道，"让爸爸踢你腚瓜子！爸爸踢你腚瓜子！"过后小鸿果然就会挨上一踢，不过他涎皮赖脸，从不把挨打当个事儿，他像是飘在这个家外头，浑然无牵挂，一问三不知，椿儿的话，说他是白吃香火乱投胎，狼变的狗叫不回，我们公母俩还不知道替谁家养了这个儿呢。

满　月

小鹊生下孩子那天是中秋节,亲友各自团聚,只有斜子推着李主义等在产房外面。女孩生下来八斤八两,斜子接过手来就被尿了一身,大笑不已,直说这孩子不是一般人,越看越爱,只觉得哪里都好,前途无量,取名满月。小鹊一时没奶,斜子恨不得自己代劳,只叹妈已经走了,不知道能找谁拿个主意。

数日后,小凤和王福霖带着两个女儿来探望,李主义见了王福霖,含糊地叫着从轮椅上扑过去,王福霖没防备,被抓破了手。"他害怕大夫,这几天没办法,只能让他在这儿,你别管他。"斜子笑着架起弟弟,又道,"你身上可能有消毒水味。"

"你这个傻小叔子怎么恩将仇报呢!"小凤推

门进病房,先抱怨起来。

"他以为是给他打针的,害怕。"小鹊扣紧了胸前的扣子答道。

小凤瞥眼瞧见,不以为意。

"奶了孩子狗不看,藏个屁啊。"

屋里还住着三个产妇,家属挨挨挤挤,白衣和红旗见生人多,本在走廊里没敢进来,听见有女人临产号哭,声音凄厉不绝,吓得直钻进来凑到小凤和小鹊身边。

"不该带她们来这种地方,吓着。"

"就是为了吓吓,省得把不住裤腰带让人家坑了。"

红旗留着齐耳短发,像顶瓜皮帽似的,眼珠子转来转去,小脸煞白。

"以为你家姐姐胆最小,假小子也不主壮啊。"小鹊向白衣笑道,"你看看老二。"

白衣熟练地抱起孩子。小婴儿伸出手,像回抱似的,白衣高兴地端给小凤,小凤就着她的手看着。

"以后你小姨有亲生的了,你就靠后吧。"

白衣一呆,低头再看那女孩,女孩小嘴一抿,似乎也在笑她。

"小李没说么吧?"小凤瞧瞧外面,两个男人还在抽烟。

"说么？哪来得及说话来，忙得滴溜骨碌的。"

"嘴里没说，那是没办法。得亏没公公婆婆了。"小凤拍拍她的手道，"这两年管得严了，我拼上金星那就是个末班车。往心宽了想，也不是你一家这样，没有就没有吧。闺女也不孬，孩子多了累赘，你不知道这仨把我累的。"

"帮你干活的也多。"小鹊从白衣手上接过女儿，"给我吧大妮儿，抱时间长了膀子疼。"白衣看那孩子颈后也有一痣，虽还粒小色微，但能看出与姥姥、与妈和小姨、与红旗后脖颈上的一般，暗暗一阵酸楚。小鹊坐了半天又觉疼痛，刚躺下，见斜子陪王福霖抽完烟，引着他进病房来了，只得又起身。

红旗见人齐了，要求给小姨背诗，说罢念了一首《游子吟》，语音哽咽，念完发表感想，说看到今天的场景更明白了父母生他们不易，以后要加倍孝顺，长大了报答他们的大恩大德。

王福霖留下两只罐头、一包酥皮月饼，斜子往他包里塞了十二个红鸡蛋，把他们送到医院门口才回。

斜子对满月的爱，开始时常令小鹊想起父亲，却渐渐辨出不同。徐多友对小鹊是疼爱,斜子对女儿却是敬爱,不像得了个孩子,倒像是请了个神仙来。这小女孩眼珠溜圆,唇红齿白,黑漆漆的头发打着一点自来卷,活像洋娃娃。他悄悄抱了她找人看字,先生说这孩子刑克父母,最好别让她叫爸叫妈,别对她太好。斜子哪里肯依。及至满月能说会道了,更显得千伶百俐。每有人初见这孩子,必然要夸,夸的话却叫小鹊不痛快,总像在说鸡窝里不该飞出这样的金凤凰似的,斜子却深以为然,引为知己,他们确实是撞大运了。

"秀兰·邓波儿长什么样?"斜子见对门两口子在门口逗满月,问道,"人家说俺满月儿像秀兰·邓波儿。"

邓老师端详着满月道,"这么一说还真是,瞧这酒窝,这大眼睛。"他找出一张带有她照片的杂志,送给了斜子。

斜子把杂志拿回来,剪下那张照片夹在书里,放上烧水壶压了一夜,压平了。他把这张纸片放在小相框里,原来的结婚照被挡在了后面,和满月的百岁照并排挂在墙上。

满月的话斜子有求必应,满月要骑他,那便做驴做马;要看画书,也不嫌占地方了,给她在床上方打了一圈书架;满月叫了第一声爸爸,他恨不得要还她一声爸爸。

斜子原来那份工作是楼书记凭空给安排出来的,让他跟各个粮站对账。每日点完卯骑着自行车出厂,早归晚归由得他,工作也是无中生有,把本就明明白白的账目再打个钩。自变了天,这份工变得碍眼了,原本的理所应当变成岂有此理,于是仓库里、车间里、辅料库多了许多需要反复盘点的账目,许多油污了待重新誊写的记事本,需要斜子睁着一双斜眼,点灯熬油地算个明白。斜子全部吃进,只要没被开除,让他干什么都没有二话,昔日父母风光无限时他尚有敏感多疑,总觉得自己有短处,如今心里的疙瘩烟消云散,他心怀感恩,来者不拒,甚至不再有敌人。

冰溜子

白衣和女青工们排队领取劳保,姑娘们叽叽咯咯,走十步退五步,还有两个互相挠着痒痒一度滚到了地上,几个结了婚的和更长那列队伍中的男技工斗嘴,时不时爆发出令人不解的笑声。

白衣在这群人中年龄最小,已上班两年多了。这份工是王福霖一个病人留给侄子的,侄子去参了军,坑儿不等人,就介绍给了主治大夫。

初中最后一个学期,白衣的同位吴静已经托了关系去卫校,不再在意老师和考试,整天埋着头在课桌洞里打毛线,看闲书,等着抄白衣的作业。

"你多好啊,以后想干什么干什么,我不愿意让我爸爸安排我。我说,人家王白衣爸妈都在医院,都不把闺女送卫校,当护士又累又脏,不知道安排你干什么血糊淋拉的事呢。"吴静边抄边道,"他们说,'人家白衣考多少分!你考多少分?人家以后上高中,上大学呢!指望你自己,连个班都上不上!'我说,'考不上我做买卖去!'没说完就让我妈拥屋里去了。有什么了不起的,崔春雨他哥就干买卖的,一个月挣的钱顶上一年班!"

"你抄差行了。"白衣帮吴静撩起垂在耳朵边的头发,替她挂到耳朵后面。吴静看着文文静静的,老师说一套她另干一套,得空就把马尾放下来,她不满意自己的头发,蓬蓬的一大把,太阳底下看着像草垛,白衣觉得好看,比她自己的好看,比王红旗越来越短的发型更加好看。可吴静嘴里总有数不尽的羡慕,羡慕白衣有亲妹妹而她只有一个哥哥;羡慕白衣的双眼皮;羡慕白衣的脑门上有个美人尖;羡慕白衣从不为情所困,不像她时常因为崔春雨的不体贴气得睡不着。她语出至诚,说着说着就像小说里的女主角一样,眼泪滴在本子上,晕开一朵愁云。

白衣在放学路上看见了妈,她站在房檐底下抄着手,年前新买的呢子大衣很合身,妈极少等她一起回家,白衣没等她招手就看到,忙跑到对面,要帮她推车。小凤从袖子里掏出一块卷起的毛巾,递给白衣,里面是还热乎的一条烤地瓜,想是用值班室的小煤炉一直温乎着的，自己戴了手套，推上自行车往前走。白衣拢着那块地瓜，暖意从手掌蹿到后背，顺着脊柱爬上去，不由打了一个激灵。

小凤语音兴奋，告诉她这个去汽车配件厂的机会。

"上全白班我什么时候上课呢，现在没新课了，但老师要讲习题啊。"白衣听完问道。

"你傻啊，上学为了什么，你就算上大学，不也是为了找个好工作吗？这个工作别人求爷爷告奶奶，抢都抢不着，进去第一年就赶上我工资高了，这不是天上掉下来的好事吗？"

"我不上大学，上完高中再去行不行？"白衣沉默了一会儿，终于低声道。

小凤停下车，看着她，口鼻里喷出白汽。

"你是装傻呢，还是故意给我发坏？不考大学上你奶逼的高中，不上不下的干么使啊？"

"妈你别着急，你等我想想……"

"你真是一点都不会体谅人的难处，就是想等过了这个村没这个店了气死我们。"小凤抢白道，"没想到长大了还是这么不懂事。"小凤声泪俱下，白衣想把毛巾给她，她直接用手套把鼻涕甩在地上，又往前走。

"我和你爸爸为了还单位上的钱，那么多年拿不到全工资,拉巴你们三个容易吗?你弟弟妹妹还小,你当老大的就光想着自己吗?别给我说光上高中了,现在你就不听说[1],翅膀硬了眼里还有你爸你妈吗?上完高中上大学,上完大学呢?咱家这个条件能供你上个博士,当个科学家?这十年一进一出,你自己算算。"白衣没再说话,渐渐落在小凤身后,听着她絮絮重复着,自行车轮在泥泥巴巴的雪地上滚出一道黑印,她不用抬头,路指着前方。

"姑奶奶,非得让我求你吗?那你等着,我叫你爸爸来,一块儿给你跪下。"

小凤在院门口停下车问。

"不是,没有。我不上学了妈,你别生气。"

听白衣答应,小凤脸色立时缓和。

"知道你不是那种喂不熟的白眼儿狼。做驴做马,不做老大,咱俩这命是一样的。都是一家人,不为家里想,为谁想?"小凤叹了口气道,"当父母的还能坑你吗!把地瓜吃了吧妮儿,我先回家给你爸说,不告诉他你犟嘴了。"

小凤偏腿上车。白衣手上的地瓜早没热气了,低头咬一口,白心粉瓤,几无甜味,堵在嗓子里,像咽下一面墙。屋檐下挂的冰溜子,在夕照中好似

---

1 【听说】听话。

一柄柄透明的匕首沾着金色的血滴,伺机在白衣经过时,在她脖颈里掉落冰冷的一颗。

次日上午王白衣就到厂里报到了,填表,在厂医室体检,被人领着参观了一圈,什么也没往脑子里记。下午去学校退学,吴静刚睡醒,还以为她请病假了,准备放学去看她呢,听了这事虽然觉得突然,又不免羡慕,羡慕白衣不用在这儿熬着了,开汽车多威风啊。白衣想解释她不是去当司机,而且她害怕汽车,想了想也没说。

吴静替她收拾了试卷和刚批完发回来的作业本。白衣没拿。

"你那本《我是一片云》呢?借我看看。"白衣忽道。

吴静一愣,从桌洞里找出这本,又抱出其他几册。

"别的借人了,还有两本《大众电影》,这种你看吗?"

"看,都给我。"

再见吴静已是几个月后,学校拍毕业照,老师让吴静来喊王白衣,白衣不去。"我给你拿钱,你好歹留个合影,以后见不着了。"

"见不着了还去干么?"白衣道,"我又没毕业,照么毕业照。"

工作服

别人领了套袖，回去就将油污的扔了，白衣却就着热水，一遍遍搓洗着脏套袖。"这孩子这么会过，谁娶了你可有福了。"管锅炉的唐大姨笑道。

"新的那副给俺妹妹，她皮，衣服不搁穿，咱这里天天油渍麻花的，占乎上新的也白瞎了。"白衣辩道，使劲使红了的脸更红了。

黄库头故意从唐大姨背后伸手过去接水，胳膊肘似是而非地碰碰她的身子。

"唐姐夫才叫有福呢，和你结婚二十年了眼圈子还黑的呢，孩子都那么大了也不歇歇——哎哟哎哟，热水！我改了我改了！"

黄库头端着那杯水怪叫着，唐大姨在哄笑中追打着他蹿出去，围绕"黄裤衩子屎裤裆"的叫骂绵绵无绝。

　　白衣找了个夹子晾上套袖，地上的水洼里汽油荡漾着五彩斑斓的光，她已经习惯了油和金属的气味，习惯了各种各样的车，也习惯了工厂里的人们那样说话。女青工们教会了她洗澡时怎么敲管子放更多热水，午休时躲在哪里最凉快，哪些活儿不当着张主任不用干，但没能教会她怎么在食堂跟师傅贫嘴呱拉舌[1]能多舀一勺菜，这不但因为白衣还没那么皮脸狗腚[2]，也因为她每天中午饭就是两个烧饼，菜是从家带来的，铝饭盒里盛着，放锅炉房找地煾着，有时候汤多菜少，唐大姨还给她夹两筷子咸菜丝，要是卖烧饼的提前走了，她就买不起别的。

　　她的家庭状况没有因为多了一份工资而有什么改善，下班后大姑娘小媳妇换上花哨衣服回家，她就穿着那件灰蓝的工服走，自己的衣服短接长，新贴旧，还不及工服，工服至少是完整的，是她一个人的。每当星期四，她得把一星期省下的饭票换成肉包子，送去给值夜班的王福霖。王福霖笑纳之后，会想拉拉她的手或摸摸她的脸，白衣总是

---

1 【贫嘴呱拉舌】油腔滑调，花言巧语。
2 【皮脸狗腚】没羞没臊。

僵直着躲开一部分,像是害羞,哪怕王福霖心情极好,叫她也留下吃一个再走,她也托词不饿,先行回家。

想吃也是想吃的,从学校出来后,白衣用作学习的那部分精力似是无所适从,一下子长到了一米七,按身高分发的工作服罩在她身上像个口袋。吴静比着时装书给她裁掉一块,还大,但再收腰会丢了形状,只能作罢了,免不了又对她的细腰称羡一番,拿出一根皮带,半借半送地让她拿上。

吴静家的桌上总摆着瓜子和大虾酥,让她吃,她很少吃。白衣对想吃什么的渴望充满羞耻,仿佛馋,乃至于饿,都是与轻浮和懒惰等同的恶习,要推让到吴静烦了,给她手里塞一把,她边说太多了边放回大半,留个一两颗,才算完。

与此同时她也相信别人需要食物必有原因,爸爸累,妈妈身体不好,红旗在上学,金星病好后长个儿慢,最需要营养。在那些爸妈去看电影后的夜晚,她能分辨出两人脸上令人欣慰的红润。红旗悄声说,他们又去吃草包[1]了,我闻见猪肉大葱味了。金星道,是天丰园。红旗奇道,你怎么知道。金星道,他们给我留了一个。红旗盘腿没言语,闷

---

[1] 草包包子,济南传统名吃。

闷地坐到晚上。金星睡着，忽然大叫一声。白衣看见红旗的手从他被里抽出来。

"做噩梦了呗，能怎么着来，妈你睡去，我哄着。"白衣见小凤急急冲来问，替妹妹遮掩着。

白衣从衣袋里拿出一颗大虾酥，塞给红旗，让她别吱声，红旗眉开眼笑，第二天趴在白衣肩膀上问，"还有糖吗姐姐，我在嘴里含了一晚上，嘴都张不开了。"

白衣想到弟弟妹妹的情状，忍不住笑了。她现在也有一辆自行车了，是王福霖换了永久替下来的那辆大金鹿，男式车，连小凤都骑不了。她在路上渐渐感激起这份工作，它虽然称不上炙手可热，但及时、恰当、令人充实，她后悔曾为辍学的事找小姨，她刻意忘了小鹊是怎么为她出头的，也记不得小鹊是被斜子拉走的还是被小凤揉出门的，只记得自己垂着头而小鹊哭道，"小姨没本事。"自那以后两家再没有走动，她和小鹊只能在一些不重要的时刻不期而遇。

白衣越蹬越快，吴静给她的那条腰带白衣会在回家前摘下来，因为那会赋予她的腰以醒目的线条，使她看起来"不像好人"。她的工作服里灌满了晚风，新的轮廓让她不再单薄。

谎　话

面粉厂静悄悄的,传达室就剩一个老头儿,白背心卷在肚皮上方,正喝着热茶用别人的信给自己扇风,告诉白衣说今天人都在新礼堂开会呢。

白衣在门口转了一圈想找个阴凉地,周围只有柳树,叶子簌簌落落的,还有长得跟叶子差不多的长条绿毛毛虫,拉着一条丝垂下来,一不小心就会落头上。走到新礼堂,台阶上火烫,想起这后面就是家属托儿所,不如去找二梅。

白衣进小厨房时二梅正趴在小桌上打瞌睡,抬头见是白衣,身子和笑容一同弹起来,咋咋呼呼地问她怎么来了。她拉开抽屉捧出花生和一卷卷的山楂片,都是给小朋友加餐的,随便攒点就是满满一盒了。二梅没进成车间,在托儿所打扫做饭,二梅妈嫌不是正式工,二梅却落个清闲,十分快意。她刚睡醒的脸蛋红扑扑的,身上也更见圆溜。"那破会还没散呢?你不找你小姨也想不起来看我!"她擦了嘴角的口水,语速飞快,"你说说你姨父,看着蔫,办事还挺狠呢!"

"呀,怎么着了,我还不知道。"

"你小姨没跟你说啊!"二梅奇道,"现在不是让考试上岗嘛,只要不是工人,管你什么技术员啊,化验室啊,财务会计啊,考不过试就得调岗,不管你干了多少年了,说下车间就下车间,逼得上年纪的到处求爷爷告奶奶。李斜……李叔调了好几次岗了,刚弄顺手那个库管的活,又兴考试了。他那个眼神儿,上车间能干了啊?指望他下大力啊?要我说,这纯属于屎窝里挪尿窝里,没事折腾么呢,效益不好,换个人就能好了?人家大学生怎么想的能让咱闹明白咯?"

"考过没有啊?你倒是说。"白衣急道。

"你听我说啊!"二梅拍手大笑道,"那个监考的横二八三的[1],这不让那不让,李叔进去的时候谁也没和谁说话,一发下卷子来,他左手往桌子上拍了张小抄,右手往桌子上拍了把菜刀,好家伙,

---

1 【横二八三的】蛮横。

他那眼珠子也不知道是看卷子还是看小抄还是看刀,谁敢问他啊。"二梅咯咯笑起来。

"他家里一个傻的一个小的,两口子都倒班谁照顾家啊。"

"可不呗。"二梅小声道,"原来他这伙儿看见李叔巴结得还少吗?连丁厂长家想回城也找李爷爷安排过岗位。"

"你说的丁厂长是丁亮吗?"

"这你倒知道。"

"他家跟俺姥娘家是街坊。他和俺妈俺姨俺舅一块长大的。"

"那厂长和你小姨认识啊,怎么一点都看不出来。"二梅又奇道,"那她怎么不给李叔说个情啊。"

"姨父心高吧,他要是不愿意,偷偷去求人让他知道了他得急眼。"

"也是,哪有自己上菜刀场面儿。"二梅又笑道。

二梅吃花生吃得不住打嗝,喝了几大口水压下去,那印花玻璃杯里漂起油花。

"为什么效益不好?从来没有的事啊。"白衣忽又问。

"改革了呗,不看老皇历了。"

"改么也得吃面啊,还能不吃面了吗?"

"架不住厂多了。都做得大差不差,吃谁的不是吃。"大喇叭忽然放起歌来,二梅推她道,"这就是散会了!你不用过去,等一会儿徐姨正好来接李满月,你往外看着就行。"

"你什么时候下班?"

"都接走了我就下班。"二梅扫走桌上搓下来的花生皮。

小孩儿们从教室出来,没一会儿来人陆陆续续将他们接走了。李满月梳着两根羊角辫,红头绳缠得紧紧的。二梅看到小鹊,在窗口大叫徐姨。

"怎么不是李社会来?"满月噘着小嘴问。

小鹊见白衣二人,招呼她们跟她回家吃饭。白衣答应了,回头看二梅。

"今天不去了徐姨。俺妈要包小包子[1],得回去帮她剁茴香苗呢。"

白衣帮小鹊把满月抱上自行车后座,向二梅告别,"回去给鲁姨带好。"

"得给她盖上小被子,不然李叔得叨叨半天。"二梅喊道。

白衣和小鹊推车出厂,门口只听有人失声"啊"了一声,抬头正是丁亮。小鹊没说话,白衣

---

[1] 济南人习惯将水饺称为"小包子",蒸包称为"大包子"。

问了好,丁亮讷讷瞧着她,半天没应声,满月蹬着腿,不耐烦起来。

丁亮恍神过来,跟白衣握手,和蔼地问了工作单位,鼓励她好好工作,跟小鹊点点头,大步走了。

"他刚才怎么着了?"白衣骑上车子问小鹊道。

"你长得像你妈。"

"不像啊。"

"外人看着像。"

"像我妈怎么了?"

斜子扎着碎花围裙,桌上除冷热菜肴,还有一个粉红塑料盖的小蛋糕。

白衣愕然道,谁过生日啊。斜子笑道,谁也不过生日,早上满月说想吃。斜子和小鹊都说大人不吃甜的,白衣象征性地把分她的一角蛋糕切下一个小角,余下的大块在她和小鹊之间被反复推让,直到满月吃完了自己的,从桌上趴过来,一边笑一边在她们中间舔奶油,白衣连忙端给她。小鹊笑着对白衣道,你又让给她了。

吃完饭,斜子收拾碗筷,不叫白衣动手,让她娘儿俩说话。满月掀开小鹊的褂子,小鹊由她伏在怀里拱。白衣扑哧一笑。

"你姨父不让掐,也没多少了,让她吮拉着

玩。"小鹊小声道，"明年上学，说什么也得戒了。"

"我不是笑她，是想起俺妈说，奶是血变的，一滴奶一滴血，奶在太阳下晒着能变成红的。你让我拿你的奶试试，晒臭了都没红。回去跟俺妈说，她还翻脸了，说我不相信她！"

"傻瓜妮子，还回去说去，让她连我也怨着。"小鹊往她腿上拍了一把道。

"都怨我，你姊妹俩都不走了。"白衣低下头。

"打断骨头连着筋，过去这个劲儿还得走。"李斜子洗完碗，又把李主义推到厕所大便，忙得坐不下来。李主义越见胖大，像要溢出轮椅一般。

满月拿了一把小沙包，一把杏核，要玩抓子，白衣不会，软的硬的掉一地。

"你这么笨吗，跳绳你不会，这个你也不会，拔老根儿你都不会挑好树叶。"

"你姐姐可聪明来，她学习……"小鹊顿了顿，"她学会修大汽车了呢。"

"那为么你不会玩啊？你会打牌吗？"

"会，但不如你打得好。"白衣笑道，知道那停顿原本是想说她学习好，又怕引出伤心事，她装作浑然无觉让满月教她，玩了一会儿就要走了，说再晚了回家没法交代，小鹊也不硬留。

回家后一家人正吃饭。

"这个点,上哪儿去了?你给她留菜了吗,这两个嘴壮的哪停筷子来?光剩菜汤了!"王福霖打量白衣两眼,向小凤道。

"吃菜汤长这么大高个,现在不吃也晚了。"小凤道。

"碰见二梅了,非拉我上她家吃去。"

"吃的么?"金星问。

"小包子。"

"么馅的?"红旗问。

"茴香苗猪肉的。"

"你怎么碰见她了?"小凤疑道。

"她厂里开大会,下班早,在二路车站看见她,捎了她一段。"

"二梅还和个地滚子似的吗?小小的年纪,放在人堆里就是个老娘儿们。"

"小孩儿都可喜欢她了,进来出去跟老师问好也跟她问好。"

"她是发饭的,小孩儿是喜欢饭。"

一家人大笑。白衣挽了袖子刷锅洗碗,心里逐渐平静。近来她编瞎话的本事大长,像是管不住了似的。她想着小鹊说的打断骨头连着筋,想抽空说说让妈和小姨重新走动。舅舅这么多年不回家,只剩老姊妹俩，姥娘年纪又大了，应该好好的，想到一开口就得挨熊[1]，也不知从何劝起。

---

[1] 【挨熊】挨骂。

姐　姐

徐多友是瞒着椿儿回坡里庄的,回来的时候直接把小凤领了来。

椿儿正在和棒子面,见了小凤,满脸通红,站了半天。小凤敞敞亮亮叫她看,不认生,但也没随便动弹。徐多友叫她先进屋,自己等着椿儿盘问。

"她大娘怎么说?"

"她说,谁要谁带走。"徐多友老实答道。

"还有么?"椿儿又问。徐多友笑而不答,椿儿不依不饶,非让他说全了,卷人的话也别落下。

"也没说难听的,就说她和你一样是个人精,留不住,也不敢留。"徐多友道。

"怎么个人精法?"椿儿瞪他一眼。

"家里一分钱没给她,她自己不知道怎么上的学,说课本是拾的。"

"你给他们钱了吧,肯定给了,我还不知道他们……"椿儿皱着眉往屋里看了一眼,千头万绪。

徐多友有意打岔,蹲身抱住朝他跑过来的小鹊,问长问短。

椿儿看见小鹊跑,愁容更盛,站那好顺溜个小姑娘,跑快了还是一瘸一拐,黄表纸包饺子——露馅,像追着羊妈妈跑不稳的小羔子似的。

徐多友搂着小鹊道,"羔羔,小羔羔。爸爸举高高。"他不让椿儿当着小鹊说她腿的事,只说大大就好了。椿儿只能夜夜抻她的腿,捋着,比对着,一条腿长了,另一条腿也长了,差的那点却始终不变。

晚饭时徐多友一直劝着小凤多吃菜,他进门换了条干净裤子,小凤没衣服可换,也浑不在意风尘泥泞,用筷子头插着窝头蘸菜汤吃,咀嚼声音虽响,神态却自然安闲。小鹊睁大眼瞧着她,窝头含在嘴里忘了咽。

小鹊上了两个月育红班,染了虱子,这几天刚把被褥都拿开水烫了晒过。她剃了小光头,眉清目秀又有点好笑。小鸿自顾自吃着,好像没发现家里多了一口人,他左手心里转着不知哪里来的两个球,石不石,玉不玉的,撞来撞去,声音恼人。椿儿只觉得闹心,吃完饭就叫小凤去洗脸洗脚。

"和别人怎么说啊。"椿儿捅咕徐多友道。

"照实说啊,闺女大了,从老家接来了。"

"你不是说咱俩填的头婚?"

"是,我往前填了五年。"徐多友笑道,"你说是,我也说是,这种事谁管,你放心,我想办法。"

"就怕进城还没在老家吃得饱。"

"一人少吃一口,也得一家人在一块儿。"

椿儿靠门里站着,贴着耳朵听徐多友和街坊说接了大闺女来,大人小孩儿都围上来,丁家一家也站出来,椿儿听见丁嫂大惊小怪地问怎么早没听说。

徐多友介绍到丁明、丁亮和丁阳,小凤微低着头,眼光却斜挑上去,哥儿仨脸登时红了,像三根并排点燃的香。

重新回屋,椿儿正在挂帘子,让小鸿睡帘子外头,两个姑娘通腿。

"让俺姓么?"小凤问椿儿道。

"跟他姓。"椿儿朝徐多友扬扬下巴。

"行。"

"你要是改不了口……"椿儿寻思着。

"改得了——不用改,老家叫爹,在这里叫他爸爸。"

椿儿张着嘴,点点头进屋了。

夫妻俩刚躺下,就听见小鹊一声喊,两人出来看时,见小凤还穿着进家来那身,掀帘子出来,抱着胳膊站着。

"她不脱衣裳,她上床不知道脱衣裳,直接钻被窝!"小鹊的头从帘子下钻出来道。

椿儿才看见小凤敞开的包袱里竟只有课本和两截铅笔头子,一件换洗都没有,心头一震,直到此时才好好端详起她。椿儿拉走小凤,拿了自己的衣服给她换上,无不紧巴巴的,袖口卡在腕子上一大截,心里盘算着上哪找料子给她做两身合身的。

小凤回去没一会儿,小鹊又喊叫起来,这次带着哭声。徐多友光脚跑到外间,却见小凤浑身光溜着,跳下床来,徐多友忙转身喊椿儿,把跟出来的椿儿撞了个趔趄。

"你个大闺女家怎么不害臊!" 椿儿大叫。

"不是她让脱了上床吗?到底怎么着!"小凤道。

"是脱了外头裤子,里面那层是睡觉裤子!"

"睡觉穿什么裤子!"小凤踢开帘子上床道。她也不再枕叠起来的小袄,直接睡上小鹊的枕头,谁也不再理会。

"爸爸。"小鹊呜呜哭道,"她腿硬。"

"抱咱床上去吧。"徐多友道。椿儿弯腰把小鹊抱走,小鹊想拽着她的枕巾,却早已被一头长发压住了。

自始至终,小鸿在他的床上鼾声不绝。

徐多友把小鹊抱上大床,扯了大半被子裹着她凉飕飕的身子,扯得椿儿一边膀子和小腿露出来。

"就你闺女是肉长的,别人都不怕冷!"椿儿骂道,她起身想再找床铺盖,只找到一张旧褥子和一件棉大衣。她想了想还是出去外间,爬上小床挨在小凤身边,把褥子和大衣分别搭在脚下和胸前。椿儿冰冷的脚触到小凤热乎乎的腿,那脚后跟上一层皴,比徐多友的还要粗糙。小凤背对着她,椿儿原本想背靠背,又怕扯开被要漏风,只能转过来。两人共用的枕头上是小鹊心心爱爱那条花枝喜鹊的枕巾,老丁出差北京,只匀给他们家这一条,徐多友原是要给椿儿的,见小鹊喜欢就给了她,哄椿儿说只有一条,放他们床上也不配对。

椿儿望着小凤,她后脖那颗痣已经浑圆油黑,想到距上次与她共枕已十年有余,一时怕她在村里已经脏了耳朵;一时想到她大娘待人那光景,这姑娘必没少受罪，还愿意上进，不容易；一时想着去哪里拆兑布和棉花，给她做衣裳铺盖，棉鞋也得有；一时想到小凤的爹，似又听到他连夜的咳嗽声。

椿儿悬心的头件事没发生，街坊的确生了不少盘问，丁嫂更是借帮忙缝衣服之际刨根问底，小凤句句都答，滴水不漏，告诉他们的都是些说了跟没说一样的事。她洗了头，辫子水当当地落成一条直线，时不时咬咬嘴唇，略显灰白的嘴唇一经湿润便短暂红润。院子里的人她很快认齐了，谁和谁不对付，谁和谁要好也了如指掌，好像她才是这儿的老人儿，阔别多日重归故里。徐多友给她凑全了文具，正愁没个书包，她自己已经有了一个。

小凤考过了试，直接上初中，多了一口人，小凤又没粮票，家里手紧了不少，徐多友安慰椿儿，让小鹊晚一年上小学，牙一咬就过去了。

椿儿见原先藏小箱里的富余粮票没了，才知道是徐多友拿去给了卢家大嫂，知道徐多友不肯说实话，便去问小凤。

"你大娘说么了？"

"说'要多少给多少，说明要得少'。"

"她恨不得有人给你领走了，给她这个干么！

她又饿不着!"

"咱那里——"她拖了长腔,"你又不是不知道,急着带人走能走得了吗?"小凤看着椿儿,椿儿没言语。

不知怎么回事,椿儿在这双眼睛里看到了她熟悉的东西,这熟悉的东西偏偏让人生疏和遥远,小凤身上不像她的地方同样令人不安,似乎只有悬而未决是早已注定。

夫　妻

礼拜天的回料库黑洞洞的，没开灯，窸窸窣窣的声音却没停，老鼠实难为此背上黑锅，因为那鼠洞早被堵死，有人宁愿下老鼠的功夫，抢老鼠的生计，老鼠一家该当如何，老鼠得自己操心。

徐多友伙着老丁，抖搂面粉袋子，连吹带扫，一人能带回一簸箕。老丁有时候只拿一半，剩下的用来堵徐多友的嘴。徐多友的嘴本来不用堵，他从来没问过两人一起从家出来后老丁拐去了哪儿，为什么到活快干完才露面。可徐多友越不好奇，老丁越忍不住炫耀，说了又要徐多友别出去说。

徐多友没有出去说，可椿儿看出猫腻，没等盘问他嘴就秃噜了，给椿儿说也不算出去说，徐多友才不会因此把多分的面再吐出来。老丁又开始上潘芹那了,说人家帮过他忙,他不是忘恩负义的人,没事还是得联络联络感情。

椿儿笑着替面前这个白人儿换衣打水,等再看丁嫂冲施家人趾高气扬,也不十分心烦了。与丁家隔墙的是技术员一家,都是南方人,女的比男的高半头,施镇越是从机关调到厂里的,能看懂外国机器说明书,对象叫穆兰,在南郊宾馆上班,只穿皮鞋出门,两人没有小孩儿,施镇越每天下班就去接穆兰下班,她侧坐在自行车后座上,皮鞋一晃一晃格外扎眼,路过疙瘩路,她还得揽住施镇越的腰。丁嫂头一个看不上,说他们做势[1],说话咬别嘴,蛮子前蛮子后地叫人家。三家中间有块犄角地,打外面走看不见,椿儿种了些土豆,丁嫂勤于照管,每有收获椿儿就分成三份,丁嫂从心底不愿意,觉得他们家丝毫不参与劳动,白得白赚,属于寄生虫行为。椿儿劝道,人家讲出去谁都没得吃,更何况从前他们做了什么稀罕饭食,两家小孩儿哪个去了他家不吃,不能因为这几年都难,没那个景了,吃过的就不算了。丁嫂一听嘴撇得更远,小孩儿见他们吃饭前闭着眼握着手念念有词,感谢这个那个,也跟着学,那有么用,真有灵验他们能

---

[1]【做势】zòu shi,装腔作势。

绝户?

只有小鸿的体力像是不受饥饱的影响,仍旧在帘子外奋力做俯卧撑。每天给椿儿留下要缝洗的衣裤,和青头肿脸带着妈来告状的小子们。椿儿一概先赔不是,遇到得理不饶人的,椿儿就说让他们把小鸿揍一顿,揍死拉倒,能让她少说话就行,省口力气就是省口饭。

她还要留着精神算计着口粮,看护着土豆,多攒出的那一小袋,说好了让徐多友给彰叔家送去。

三明治

白衣记忆中,上次被王福霖打已经是十年前的事了,不同的是这次小凤也上手了。

小凤口里咒骂着带白衣烫头的吴静,除了恨白衣自作主张不三不四,更恨吴静带白衣去吃去玩去打扮,尽管一分钱没让她花,却让她见识了钱的好处。她从王福霖手里接过攥得温热的竹棍,拽着白衣新烫的卷发挥起右手,像收割一把不该成熟的麦子。白衣闭上眼睛,她怕目光不由自主地看向不该看的地方,枕头套里那十几封信要是被抄出来,恐怕不只这样一顿好打,要面对的是什么,她没有先例可以推测。

王福霖忽然叫停了,回归他最引以为豪的管教方式,让她自己表态。白衣说明天找剃头的,剃成运动头。王福霖愣了愣,小凤朝外间屋的红旗看了看,也没答言。

"也不好看。"

"你梳成麻花吧,看不出来就行。"

小凤见王福霖发话了,她的话出乎白衣的意料,刚才她打得明明更狠。红旗在脸盆里倒了温水,投了毛巾给爸妈擦脸。

那根竹棍履行完职责,重新静立在窗根儿,将在每天的一早一晚用以挑开或拉回窗帘,将在每个孩子试图违逆之时用以教育。

"你怎么不知道喊?你得在还不疼的时候就喊疼,说改了,再也不敢了,就不打了。"红旗进屋小声向白衣道。白衣不答,即使红旗作为被打得最多的人,的确有发言权。

白衣编了辫子,露出刘海儿和发梢的小卷,已经让她十分满意。她带走那沓信,到了单位先找地方烧了。林主任难得也来得早,见到她随口问了几句。

"小王最麻利最干净,什么活儿交给她,能少说一车话。"黄库头拿着大茶缸子帮腔道。

"你愿不愿意出差?"林主任打量她。

"不行不行,爸妈不愿意。"白衣吓得连声

拒绝。

"老实孩子!"林主任对黄库头笑道。

爸妈不愿意在其次,这个老实孩子心里还揣着一面鼓,她中午鬼鬼祟祟地溜了。与黄小海处的时间已经不短了,遇到他的经历还像做梦一样,常在她脑子里反复。

每个礼拜天,吴静总得叫白衣去陪她买点什么,那次是买书,买完两人就在马路牙子上坐着喝汽水。白衣不用抬头就能说出远处开过来的是什么车,虽百发百中,但吴静并不认识车型,非要闹她闭眼说出来车是什么颜色才算赢,白衣笑得踢倒了瓶子。那瓶子骨碌碌滚到路上,就听见一阵急响,二人都以为惹了祸,细看那刹车的面包车,却并非轧了瓶子,而是自己熄火了。一车上下来三四个人,急得什么似的,司机更是破口大骂。

"私孩子[1]修车的让我换了一圈新件儿,忙活这半天,又是起了个大早赶个晚集。"

"来不及了,我跑着去。"一个斜背挎包的年轻人道,边说边把相机从同伴脖子上摘下来。

"二十多里地呢,一路开开停停,也比你两条

---

[1] 【私孩子】贬义,带有侮辱之意。

腿快。"穿白衬衫的领导模样的人拦住他。

白衣在他们说话时绕着车转了一圈,瞥见那年轻人挎包拉链拉错了位,搭扣也只剩一颗,勉强搂住里头的杂七杂八,裤子口袋也鼓鼓囊囊的,半条手绢搭在外面,这样竟还说要跑,只怕没跑到路口东西就得撒一地。

白衣问司机都换的什么件,刚才是什么毛病,司机迟疑着不说,反问她哪个学校的。

"她也是个私孩子修车的。"吴静捂嘴笑道。

白衣爬上爬下,没多会儿卸下空气滤清器,里面竟有张塑料片子,一看字,果然是刚换的件,包装没拆干净,塑料片又轻又薄,吹起来堵住通道,发动机就总熄火。

"海狮现在也不行了,动不动就闹症候。"

"你这不是海狮,是赛海狮,自产的。"

众人都朝灰衬衫的人看去,似乎是那人吃了什么油水。白衣不理会这些,和道谢的人客气了几句便叫着吴静走了。

"用我的吧。"她正让吴静帮她拿手绢擦手,黄小海赶上来,拿了自己的手帕道。那手帕皱巴巴的,黄小海有点不好意思,又缩了回去。

"黄小海,赶紧上车啊,你这会儿又不着急

了!"他们身后传来一声喊叫。

两日后,吴静坐在崔春雨车后座上,怪模怪样地笑着,找到白衣家巷子口。

"你猜我今天见着谁了?"

白衣猜了又猜,猜到没处猜。吴静这才肯说,是黄小海凭借吴静身上别着的妇幼保健院的胸牌,在医院门口堵到她,要打听白衣。

"谁是黄小海?"白衣顺口一问,随即恍然是那个敞着挎包的男人,登时脸透红,"找我干么?"

吴静自顾自道,"他怕咱以为他是骗子,拿给我看了身份证记者证,还有他和三个姐姐的合影,说让我帮你验明正身,我这过关了再说。"说到最后又笑起来。

"你怎么说的?"

吴静当然是装模作样地答应一试,表现得极不情愿,可打心眼里早痒痒得不行,她早盼着白衣拉个对象了。怕白衣不肯去,安排了崔春雨请客,他们四个一块儿打台球去。

黄小海见闻多,崔春雨和吴静本就开朗,三人聊得热闹,很快熟悉起来,白衣开始还觉得插不上嘴,后来也渐渐放下羞涩,跟着说笑起来。此后黄小海回请,下次吴静又张罗划船,一时间不知道出去玩了多少回,可是今天黄小海叫她出来,是他们第一次独处。

黄小海的喇叭裤拖着地,穿紧身衬衫的上半身被衬托得更瘦了,他那挎包仍敞着口,一路笑眯眯的,买完电影票,问白衣吃什么,她什么都不要,问不吃什么,她说不吃烤地瓜。

黄小海笑着跑去小卖部,不一会儿买来两个甜面包,手里擎着两只奶油冰糕。

"都立秋了,还吃冰糕呢。"白衣愕然。

"什么时候不能吃冰糕?冬至了也能吃。"黄小海递过冰糕。

白衣碰着他的手,手心一凉,手背一热。

还没进场黄小海的冰糕就吃完了,白衣吃得极慢,每隔一会儿就倒拎着棍,轻轻吸掉滴下来的冰糕水。眼看电影开场,黄小海掰开一个面包,右手抢过她瘦瘦的冰糕,放在中间,左手一攥,把干干净净的棍抽出来,重新包起面包递给她。

"你这样吃。"黄小海笑道,"三明治。"

最爱看电影的白衣难得分神,为什么可以这时候吃,为什么可以这样吃,为什么这样吃会这么好吃,那是不是别的东西也能乱吃。她想起小姨给她做的馒头片夹炸花生,心里涌起一股暖流,只觉身边这个娃娃脸的男人如此可亲。她在黑夜里摸着黄小海放在他们中间的挎包,找到拉链头,一点点把锯齿卡回去,送到头,捏合了口。

晚间,小凤拿回一件红毛衣,甩在白衣跟前。

"刘映红给我织的,你拿着穿穿吧,细发[1]着穿,干活儿别穿。"

白衣迟疑地接过,棒针均匀,领口和袖口都有变针,胸前是一粗挨一细的麻花纹,费了不少功夫。

"刘姨怎么想起给你织毛衣?"

"她应该的,我替她顶了好几个班不说,评级也得求着我投她来。"小凤道,"她该早问问我要什么颜色,红的我两件了,想要件古铜的配大衣来。"

白衣拢起头发套上毛衣,小凤伸手拽她肩膀上的鼓包,看见她脖子上被抓出来的伤痕。"看出是亲妈了吧,不是不让你俊,谁还不知道要个好儿了,以后得记着,想干什么先跟家里说。"

白衣点点头。

"妈,主任问我能不能出一天差呢,单位有活

---

[1] 【细发】仔细,不粗糙。

动,想带我锻炼锻炼。"白衣道,"你和爸爸商量商量,让我去我就去。"

"怎么不让你去!这才对了,领导看重你就得把握机会,你这孩子,一直没有闯劲。"

小老鼠

又一年腊月,施家终于又挂上了香肠,似乎挂得又高又密,似乎从那开始好几年没摘下来过,那片天空永远笼罩在一片三分瘦七分肥的肉林中,只要一仰头,就像进了层层叠叠的香料迷宫,钻也钻不出来。这当然是不可能的,只能说人的记忆靠不住。就像人们几年后言之凿凿地说他们家有一个十字架,架子上有个裸体男人,却怎么也没能抄出来。有人说是烧了,有人说是埋了,有人骂过之后又害了怕,弄不好那小人儿真是神仙,预知有祸害,提前上天了。

院子里的小孩儿,跳着,互相荷喽[1]着,一条

---

1 【荷喽】骑在肩膀上。

条小鱼似的，此起彼伏，想要够那香肠。穆兰看见也不恼，只让他们别摔着，施镇越踩梯子上去摸摸，下来道，还有日子才能好呢。就着他带下来的那阵香味，小末子[1]们塞在嘴里的手指更好吃了几分。

丁家大小子挨家查灯头，穆兰取出装了零钱的手绢包，让施镇越拿去交电费。丁明到了徐家，随手摘下小鸿挂在墙上的两节棍舞了几下，小凤从里屋款步出来，曲一膝反蹬着门框，两手抱着膀子瞧着他。

"你家俩灯头吧。"丁明停手，把那两节棍攥在一只手里。

小凤朝他往屋里努嘴，丁明探头一看，里屋灯口上什么也没有。

"明摆着就一个。"

丁明愕然，这才发现她两手拢着一个灯泡，正斜眼瞧他。丁明忍不住笑出声，拉亮了外间屋里垂下来的小灯泡道，你不如把这个也摘了。小凤作势要摘，丁明挡着，头碰到灯泡，满屋子的光影晃荡起来。

"行行行，记一个，就一个。"丁明笑道，"都

---

1 【末子】小男孩。

摘了我跟上头怎么说,你天天黑灯瞎火地在屋里干么呢?"

小凤嗤地一笑,丁明脸上发烫,他空着的手心里被塞了一个灯头的电钱,看着她回里屋,身影在忽明忽暗中忽大忽小,继而消失。

丁明撂下两节棍出去,正撞到丁阳蹲在门口,丁明上前给了他一脚,骂他不上台面,偷听大人说话。

"谁听来!俺来给徐小鹊送作业本的。你别让二哥知道,二哥不让别人给俺写。"丁阳道。

"熊样。"丁明喊了一声,走远了又回身骂道,"你比她高一级,你让她给你写作业?"说着又踢一脚。

剩下的半个院他是哼着歌查完的。上次跟妈提过对小凤有那意思了,妈不知道为么没接茬,丁明估摸,是因为妈跟椿儿婶子处得不如原先好了,还是得找个气口跟老爷子提。

谁想到丁明想当兵的时候没选上,刚断了这个念头,又被扩招了,丁宝兴夫妇在院里摆了几桌,叫邻居们都来热闹热闹,还放了一挂炮仗。徐多友捂着小鹊的耳朵躲得远远的,等放完却又嘟囔道,过几天咱家也得放。椿儿斥道,放你奶奶个屁，不年不节的，有钱没地方花了。

丁明从人堆里看见小凤，虽则是遇到了好事，可另一件好事八成断了指望，不由又多喝几杯。

徐多友没猜错，他们家也等来了放炮仗的那天，小凤考上了青岛的卫校。椿儿说调剂到离家近的学校就让她上，小凤也不争辩，拿着信去了厂里。徐多友一高兴，直接找了广播站，把那通知书念了三遍。晚饭的点，就有来贺喜的了，在门口拉着小凤一直夸，都说早就看出这孩子有出息。

"她爸就有学问，字写得好。"施镇越道。

"从小人家就都说我随爸。"徐小凤给大家倒酒，长辈都忍不住欠身，向这位未来的高才生表示受之有愧。

丁亮来给徐多友敬酒，镜腿缠着发黑的胶布，镜片下的双眼红红的，问小凤出去读几年，一年能回家几次，还能不能分配回来，言谈比他爸更老成，像是同龄人之间闲话。徐多友一一答了。

"亮亮，等叔给你换个新镜腿。"徐多友道。

丁亮立刻推辞，摘下眼镜来向他演示他的镜腿足够结实，丁宝兴也连忙制止。徐多友以前对这个老二没怎么注意，小鸿不管跟谁打架，都没有丁家老二的事，他总是微微弓着背，走得比别人更快。那天他回家路上看见几个小子学小鹊走路，是众人记忆中他第一次跟人动手。最高兴的人是丁宝兴，欣慰他家二的终于有个男孩儿样了。

提起这事，徐多友叫小鹊来谢谢哥哥，小鹊却躲得远远的。

"嗨哟，小妮儿知道害臊了呢。"丁宝兴一笑，别人也都笑了。

"徐大胆是个指望不上的，拳头硬脚头更硬，一到用他的时候就找不着他人了。"徐多友想起小鸿，忍不住骂了几句。

"跟着师父走好，螳螂拳是正儿八经的功夫，比他自己胡练强。"丁亮安慰道，"百胜和建国还眼红他呢。"

"眼红个屁，不知道练成个爷爷样奶奶样呢，再回来还不知道猴年马月了。"徐多友摇摇头道，这个家的孩子还没长大，已经一个一个离开，不过片刻他又重新笑了，"还是俺鹊儿好，围家。"

这一天因为酒足，男人们喝到了后半夜。第二天小鹊醒来，家里已经没人了。她的手在胸前保持着抓握的姿势，隐约记得睡梦中小凤让她藏好，给了她一根腊香肠。枕巾上湿漉漉的一摊口水，空气中有错觉一样的香味，手上也似有油腻。她爬下床，从小半间走到外间，小凤的铺盖已经全收拾走了。她光着脚站在地上,又想起小凤刚来的那晚上,整个人脱光钻进被窝,她冰凉的脚碰到小凤结实修长的腿,粗糙灼热,在无处逃避的棉被里像是一个冒犯。此后她习惯了有个姐姐,如今她需要重新习惯。

小鹊又哭了起来,她想找到姐姐给她偷来的、所有人都惦记的香肠,是被人发现了拿回去了,还是被老鼠叼走了,或者是压根没这么回事呢?她爬上椅子看柜子顶,却不敢站直,只好又矮着身子下来,耳边响起小凤常笑话她笨手笨脚的歌儿——小老鼠,上灯台,偷油喝,下不来。

小鹊找遍了角角落落,香肠踪迹全无,却在小鸿的床下扫出来一些碎片。她拿在手里一对,认出是椿儿那把曾日日不离手的紫砂茶壶,它已经神秘失踪很久。椿儿以为是被人顺走了,家里家外骂了好几次。

酱油瓶

小鹊看见家里多了个地球仪,不用问就知道又是斜子为女儿买的。斜子理由充分,老师问学生们长大了要干什么,满月说要当科学家,孩子有理想,能不支持吗?科学家的家里,世界地图和地球仪都是要有的,地图已经在墙上贴着,不添置上地球仪,不是耽误孩子吗?

满月抱着地球仪,看样子很喜欢,小鹊没再说什么。她揽着女儿躺下,倒看着女儿秀美的脸庞,把被子垫在脚下,血液的回流让疲惫稍缓。可能是因为爸爸忌日将近,这几天小鹊频繁梦见他,徐多友在梦里依稀便是她现在的年纪,比她现在爱笑。

小鹊记得爸爸也爱这么和她躺着,用手梳着她的头皮,哄她睡着。小凤刚被接来的时候,她总是不能入睡,或者借口不能入睡,天天要躺在爸爸怀里。

"以后你还疼我吗?"

"爸爸比谁都疼你,但是咱们都得多疼她。"徐多友小声答道。

"为么呢?"

"因为她受罪了。"徐多友道,"每个人受的罪都应该是有数的。"

小鹊似懂非懂,从此不再对关于姐姐的任何事诉说不满。后来徐多友还是给她盖出去一间小隔间,泥灰砖瓦,一日一日,渐渐有顶有窗,让她又有了一张单独的小床。侧墙上钉着一面印花小镜子,早上能自己扎小辫;窗台内沿加宽了,坐床根垂下腿去,写作业也就有地方了;窗台外头是细细一溜小花池子,马生菜开着黄白粉紫各色花朵,一丛绿的爬墙虎,一簇红的朝天椒;房檐上挂了点小米,等着鸟来做窝。

"别的鹊子吃得好,我们鹊子也长得好哦。"

"你爸又往家捡破烂,嫌我活儿还不多。"椿儿道。

"嘘。"徐多友跟小鹊低语道,"其实你妈最喜欢种东西了,她不好意思说。"

小鹊想起穆兰娘娘念的那些故事,她的神第

一天造什么,第二天造什么,到第七天整个世界都让他一个人造好了。她的爸爸也给她造过一个世界,用时超过七天,但神的故事里可没有小镜子。

满月睡着,斜子进来打着手势叫小鹊出去,说王白衣来了,在外头哭呢。

小鹊听她呜呜咽咽半天,才闹明白,白衣和黄小海,连同吴静和她对象,骗家里单位上有活动,一块儿去爬泰山了。白衣忽然干这种胆大包天的事,这就够奇了,哪天没瞒住,揍一顿都是轻的。更麻烦的是,回来的车上人多,两拨人为了互相占座弄丢了行李,吴静的找回来了,可白衣的再也没见,衣服包里有一件崭新的红毛衣,还是小凤借给她穿的。

"每次都是这样,我妈不叮嘱还好,一叮嘱我就害怕,一害怕我就紧张,一紧张我就忘事……最后就真丢了!"

"酱油瓶子。"小鹊道。

"对,酱油瓶子!"白衣道。

白衣五岁那年,有一回帮家里打酱油,临走前小凤一个劲儿让她抱好瓶子,快去快回,别摔了,家里就这一个酱油瓶子。白衣一路上念叨着别摔了,走得担惊受怕,好歹打了酱油到家门口,看见正在做饭的小凤,一跤绊倒,酱油洒了,瓶也碎了,衣服也脏了,白衣连哭也忘了。小凤看了她半天,捡起瓶子底,把酱油倒进菜里,叫她回去换衣服。家里的客人正跟王福霖拉着呱[1],因此白衣并未被训斥,但此后的若干年内,"酱油瓶子"都是用以形容她心浮气躁、难堪大用、功亏一篑、糟蹋东西、对叮嘱充耳不闻的典故,长期有效地应用于王家。

小鹊想,满月都上三年级了,别说让她打酱油,连酱油瓶子倒了她都未必知道扶起来。

什么叫乐极生悲,白衣这次算是知道了。第一次出远门,什么都好看,什么都想看,黄小海带了同事的照相机,给他们照了不少照片,没想到临了来这么一出,人一下子蔫了。

"你先别慌慌,这能想办法,万幸那相机和胶卷没在你包里。"小鹊道,"要不可真毁了堆了。"

白衣一听也后怕起来,眼泪都干了,瞬间觉得眼前情况并非最差。可眼看第二天就得假装出行回家了,还是没把握能把事情遮掩过去。她告诉小鹊,黄小海安排吴静俩人去买毛线,他自己去找姐姐们问一圈,看谁有红毛衣能借来装装样子,做

---

[1] 【拉呱】闲谈,聊天。

两手准备,叫白衣来找小鹊,就是问有没有毛衣样子。万一借不到合适的,好歹照着织一件,先给小凤说衣服借给同事穿了,拼着被数落几句,过几天织好了,新新地拿回家也算个交代。

小鹊听了一想,穿外套催她出门,"我跟你去。"白衣就明白了,不管什么样子,都在小鹊脑子里装着呢。

红毛衣

这是黄家三姐妹和白衣的第一次见面，显然和想象中郑重介绍相见的场景相差甚远，三姐妹一边说话，一边打量着白衣，因为事出紧急，少了忽然相见的拘谨，多了同仇敌忾的决心，眼前分明是外来客，心底却似旧相识了。小鹊知情后没有一句数落，淡定地查看她们现有的东西，这个长久由同辈人组成的家里顿时有了主心骨。

三人拿来的红毛衣都和白衣那件十分不同，最像的那件又很旧了，只有一件织了一半的男士毛衣，毛线的颜色粗细大差不差，可以拆了用上。小鹊边问她们各自会什么，边拿起棒针织了几个样子，安排黄小珊按她画的杠拆男士毛衣，黄小钏打袖子，黄小荷打后襟和领口，她亲自打前面麻花多的前半片。吴静手慢，没被安排活，但看得入迷，崔春雨想走，她也不让，留他坐在一边撑着两只手，供她把买来的新毛线盘成球。

一忙几个小时，白衣十分过意不去，这个点外面也没有卖什么的了，好在黄小海家里炊具调料一应齐全，就是没一样他能说明白在哪儿，家倒是他的家，厨房显然不是他的厨房。自从他爸妈相继没了，便是靠这三个姐姐顾家，即便各自结婚了，也要轮着回来给他做饭洗衣，他能把饭热一热吃到嘴里，已经是这些年取得的长足进步。

"我水烧得好喝，一会儿你尝尝。"黄小海笑道。

白衣在厨房站了会儿，一时拿不定主意，该不该在他家干活，想想一屋子人都是为了她，她理应尽心招待，可这毕竟不是她的家，不说小姨和黄小海，三个姐姐怎么想呢？

"小海，别让小王忙了，你们坐这里，等弄完这点我来做！"黄小珊已经在外面喊了。

"这会儿还不饿呢。"黄小钏赞同道。

"也顾不上吃，谁饿了吃点儿点心就行。"黄小荷补充道，"小王来，招呼你同学吃。"

白衣听了，决定动手了。她见有蒸好的单饼，拿干辣椒炒了个咸菜疙瘩丝，打了个紫菜海米汤，黄小海再开一个午餐肉罐头，一个红果罐头，加上刚才端出的两铁盒饼干糕点，桌子已经摆得满满的了。

一伙人吃饭的工夫，换白衣和吴静打了会儿，这么轮换了两轮，歇人不歇马。小鹊最后得把织好的部分连起来，这功夫只有她会，又是个细致活，所以赶着织花纹，怕数错了行，不敢倒手，谁歇也轮不到她歇。吴静跟家里说的是当晚回去，只能让崔春雨先陪她回去了。余人开始还聊着天打，后来脑子已经不转，手却越发快了。

黄小海拿起口琴，给她们吹了几首歌，到下半夜，口琴也不敢吹了，只看着几人手中红线纷飞上下。陆续做完自己那份，最后只能是众人看着小鹊做了。及至天亮，小鹊收了针，五双眼睛盯着白衣套上那毛衣。

黄小海一口咬定与原来那件绝无二致，姐姐们也说除非穿到刘姨本人面前，谁也看不出破绽。白衣着实忐忑，但生怕坏了大家一片好心，同着小鹊骑车离去。

小鹊在车后座靠在白衣背上，清早的凉风一吹，只觉得又累又清醒。

"真稳啊。"

"我开的汽车才叫稳呢。"白衣道。

"我没福啊,坐公共汽车不晕,坐小汽车晕。"小鹊看着头顶的树飘下来的黄叶子,"其实我连自行车座子都好多年没坐过了。小的时候最喜欢这条道了,你姥爷净带着我走这里,你妈生完你,出院回娘家那天,也走的这条道。"

"不记得了。"白衣笑道。

"你要能记住就成精了!我上医院接你们的时候你妈抱着你,你一见我就攥住我的手指头,我也不舍得缩手,和个螃蟹似的,一路横着走在你妈旁边,跟着你娘儿俩下了三层楼梯。"

红白的电车拖着两条电线,扭转着开到她们前面停下,像一个戴雉鸡翎的刀马旦亮了相。

"小姨,你想我妈吗?"

"亲姊妹们不用想,隔多长时间不见,再见也是亲的。"

小鹊和白衣又捋了一遍要说的话,在路口提前下了车,叫她跟平常一样,别害怕。

白衣心里揣着鼓,进门一看,弟弟妹妹都还没醒,王福霖也没在家,小凤靠着叠得方正的被子半躺在床上,一脸倦容,见了白衣也不多问,只让她倒了杯热水。

那件毛衣小凤没再要回去,白衣穿过洗过晾

出来都没被家里人发现有什么不对,不对的只有父母新鲜陌生的沉默,沉浸在化险为夷和恋爱喜悦中的白衣并未察觉。

白衣担心到一跤坐倒的熊样已经成了吴静他们的笑话,厂里几个帮着圆谎的同事也常常打趣,闹得黄小海来找她时次次得请他们吃两口抽两口才算罢了。

"你厂里不正干,早晚得黄。"两人走出厂子老远后,黄小海道。

"是不大忙了,可是我看主任他们整天出差。"白衣道。

"上哪儿出差?"

"好几个地方呢,广东、福建、吉林,还有上海。"

"那是考察去了,说不定还能干起来。你说的这几个省,我都去过。"黄小海点头道。

"你都去过。"白衣重复着,想了想又道,"你给他们带的那种阿诗玛还有吗,再有帮我带一包,我给你钱。"

"你要那个干么?"黄小海奇道。

"给俺姥娘尝尝。"白衣道。

"那还用你买!明天给你拿好的来。"黄小海笑道,"不知道老太太喜欢么样的,还有别的,多拿几盒。"

"一盒就行。"

"小姨呢,小姨抽吗?她要抽以后我包了!"

白衣以为他在开玩笑,看他认真等着,赶紧拒绝,她好像被这问题滑稽着了,继而发现很难想象小姨抽烟,甚至很难想象除了姥姥之外的女人抽烟。对了,有个钣金工大姐抽烟,她身上的金属味和油味盖过了其他,只有你和她钻进同一台车里,焦油味的呼吸才跳脱出来,和姥姥的旱烟袋仍是不同。

两人走到河边,深褐色的河水发出刺鼻的气味,白衣举起袖子掩住鼻子。

"印刷厂的味。"

"我知道,我报了好几次了。"

"一直都这样,管不了,不让排这儿能排哪里去?"

"一直这样也能想办法,有人管没个管不了的。"

两人快步前行,黄小海扭头,桥边几个圆洞洞的排水管轰隆作响,深褐色的瀑布跃入河床,冲击出浊白的泡沫,泡沫堆叠着等待消失在河水里,河水潜行着等待被冲击出新的泡沫。

白　烬

面粉厂爆炸了,有人说比炮弹的声音还大,有人说半边天都叫照亮了,黄的黄白的白。

丁阳借了辆地排子车,拉上椿儿和丁嫂往厂里跑。他们知道谭厂长让徐多友和丁宝兴布置联欢会,这会儿正该还在单位。"着的是制粉间。"丁阳劝她们,"离礼堂远呢。"他大喘着,脚下越来越飘,身子越倾越低,几乎要伏地而行。

大门口堆满了看热闹的人,看热闹的人竟似泥塑木雕,一言不发,目送惨叫的人,不能惨叫的人,被抬出湿漉漉的火场。

椿儿顺着谭厂长嘶哑的声音跑向车间楼,一个白大褂背着一身黢黑的谭旺逆着她往外走,见到椿儿,谭顺子先从那人身上抓下昏迷中的儿子,摁着他的头一下下朝她磕下去。

"给你徐婶子磕头!记着是谁拿命救的你!这是大恩大德,你这辈子还都还不过来!"谭顺子哭叫道。

椿儿没看他们,地上的三个人形蒙着单子,一时看不出哪个是丈夫。谭家父子的声音过于聒噪,她已没有余力让他们闭嘴。

她听到丁宝兴从人群外奔来,被丁嫂揪住抽了两个响亮的耳光。每次和徐多友一同干活,老丁都会溜号。他硬挨着丁嫂的盘问和拳脚,对去了哪里讳莫如深,只对让娘儿俩虚惊一场反复道歉。

椿儿想,要是他在,徐多友的活儿是不是早就干完能回家了呢?要是他在,他能冲进去帮着救人吗?

椿儿想,要是和潘芹好的是徐多友该多好啊。她也想当这个虚惊一场的人,狠狠揍他一顿,骂他不要脸,而不是不要命。

椿儿没掀开白布。

车间里不时还有碎裂倒塌的声响,外墙却纹丝未变,稳如磐石,如不是天上道道黑烟,地上灰白的脏水四下流淌,恍若无事发生过。

工作组进厂查了几天,安排谭顺子调去下县

了,事故原因认定是谭旺制造的意外。他等他爹等得无聊,朝制粉间扔了俩响炮,想吓唬那几个换衣服的小姐姐。彼时谭顺子正在食堂宴请领导检查工作,谁知也成了他给自己的送行酒。

副厂长郭北临危受命,代理厂长主持了葬礼和善后。当时死的、后来没救过来的,加起来死了四个,除了徐多友,都是年轻姑娘。那些女孩是留下排练节目的,就等着礼堂布置好,再去最后彩排一次。十件花团锦簇的演出服,随着她们的未来化为齑粉。活下来的七个人里,有两个是被徐多友背出来的。

副厂长等人送了抚恤金和牌匾来给椿儿,说上级交代了,老大要是还想上学,就抓紧让老二来顶替徐多友上班,不然职工没了,她这个家属工也不好安置。

"写的么?"椿儿看着牌匾问道,没有让他们进屋的意思。

"'见义勇为,舍己为人',好话。"来人争相向她解释。

椿儿不接。

"挂门口光荣啊。"郭北道。

"那挂你家门口。"椿儿进屋了。

七天以后,徐小鸿还没能赶回去。缺了一只耳朵的谭旺,半边脸还糊着药膏,戴着孝子袖章,见人就磕,还要替徐多友摔盆。椿儿没说让,也没说不让,谁要演什么,就演去。

"是谁唱丧呢?"队伍刚一动,椿儿忽然左顾右盼。

"没听见。"小鹊道。

"人在世上哪样好,不如坡上一棵草,十冬腊月霜打了,留得根在不愁苗。人在世上哪样好,人死好比灯灭了,三魂七魄一口气,阎王一笔全勾销。"椿儿低声哼道,"你没听见吗?"

"这是咱那儿的歌,这里哪有人唱。"小凤看了她一眼,架住了她的胳膊。

椿儿点点头,没再问。几乎全厂的人都来了,徐多友喜欢热闹,这倒是正好。小鹊从爸爸没了就没怎么说过话,在人群中显得更小了,徐多友走的衣服鞋都是她给套的,套了老长时间,她不害怕,也没叫人帮忙。

出完殡小凤就走了,说是请不下假来,没有要生活费。

喇叭花

许多天后小鸿也赶回来,没回家先奔了谭家,谭家没开门,邻居说他们已经搬走了。小鸿不甘心,又去找那两个徐多友救出来的姑娘,想问问他爸临走有没有说过什么话。

人们说那七个姑娘出院时都让黑布蒙着,用轮椅从医院推到了槐米巷一户小院,被安置下来。前院里的井让人填死了,巷里人少,院里灯少,没人见她们出来过,每隔几天有人往里送东西。姑娘中有个头脸伤得最轻的,戴个口罩,开二门跟那人交接,她们中家里人有来看的,也得那人陪着。除了哭声,没什么能传出来。

小鸿去了,见院门锁着,一撑墙翻进去了,没多久大叫一声往外跑,却忘了翻墙,拿肩膀一直撞,撞出血来,撞开了门,喊破了嗓。

徐大胆回到家高烧几日,老丁两口子也来照看着。

"七仙女那个院,亲爹亲妈都得打了报告才让进。"丁宝兴道。

"这孩子心实,看眼里拔不出来了。"丁嫂摩挲小鸿道。

"谁见了都不行,副厂长老大不小的,又怎么着呢?"

他说的事大家都在传,郭北操办完这些事,就开始神神道道,天天说厂里有鬼哭,说礼堂里有脏东西,被人举报宣扬封建迷信,有违于无神论者应有的操守,不适宜继续主持工作。粮食局的干部董杭被委派就任,接手面粉厂工作,迷信是没人宣扬了,可也没人敢再往礼堂凑。

"真有点邪门。"丁宝兴道,"那几个闺女谁也不知道什么样了,屋里连镜子都没有,怕她们看见自己的脸。"

"看不见自己,还看不见别人吗?" 椿儿接茬儿道。

屋里沉默了会儿,谁也忍不住去想,又不想再想。

"赶紧醒过来啊小儿,家里指望你呢。"丁嫂又叹起了气。

徐大胆说什么也不肯去厂里上班，病一好又跑了。热热闹闹的徐家，如今连个生气儿也没有，冷锅凉灶，黑咕隆咚，被褥不再叠得缝对缝，褶对褶，雪下在花池里，半化不化，泞成一片。一到饭点老丁就多拿出两个碗，要给小鹊娘儿俩端去。丁嫂开始还帮着盛，没儿天不愿意了。

"本来人家就在背后说你。"丁嫂拦道，"就你上赶子，显得你心里有愧你知道吗？别么都往身上揽。"

"心里确实不得劲。"丁宝兴道，"不行等老大回来，让他和小凤结婚，帮衬帮衬。"

"少惦记俺儿了，你就是自己想过去帮衬，也别光拿两个碗，把锅也端走，趁早离了这个家，搬她那儿去省得来回跑。"丁嫂摔打着道，"徐小凤是敢往家领的吗？这回走的时候连生活费都没给她家里要，你寻思呢，小妮子本事大着呢。往后我不让去，你别上她门！"她这一嚷嚷，说是关起门来两口子的话，左邻右舍哪能听不见呢，丁宝兴不能再还嘴。

答应归答应，要是答应的事都算数，那还是老丁吗？隔了两天，没人看见椿儿使了什么勾魂摄魄的眼色，让赌咒发誓下半辈子老老实实的老丁跟她进屋了，但所有人都听见了他的惨叫，丁宝兴护着裆蹲出来，倒在门前，眼泪鼻涕蹭了一脸。

"你要是还没走，就看看你处的这弟兄，你将将地没了，人家就来捞么[1]你老婆，你怎么不睁睁眼啊！"椿儿站在老丁头边上，先是说给死人，后来喊给活人，"这户恶懑[2]人的老半青[3]，瞎包[4]玩意儿，还有人当好的来，紧巴离儿地敛合[5]走，裤腰带拴你自家痰盂子上看好了，别在那没腔眼子嘴放屁！"

谁看她，她就看谁，于是谁也不敢再看她。

椿儿把头发铰了，有颜色的衣服收了。她时常坐在门口树下，抽烟喝茶，趿拉着鞋，身上挂着带洞的白跨栏背心，截就[6]着遮住垂下来的乳房，喑哑的嗓音像生锈的捕鼠夹，随时准备伏击丁花氏。

"喇叭花，今们俺这个寡妇当得赛吧，正宗

---

1 【捞么】纠缠，占便宜。
2 【恶懑】令人觉得恶心。
3 【半青】不通事理、说话随便、不稳重的人。
4 【瞎包】不学好、不成器的人。
5 【敛合】收拾，收起。
6 【截就】凑合，将就。

吧?"椿儿见了丁嫂笑道,"你还跌袭[1]着脸干么?我又没给你男的尿揪掉,耽误不了你生老四。"老妈妈们拍腿大笑,喇叭花没搭一句茬儿。

小鹊深知椿儿已经打算定了,从未劝过一句。她隐约明白了一个道理,人要是没了生趣,最先跟着消失的,是羞耻之心。

---

1 【跌袭】面色阴沉沮丧。

作业本

椿儿那一下伤了老丁的脸,却没伤了他的根本,已经调去北京的潘芹跟他情义不减,他终于通过这层关系被安排到北京开车,部委单位,条件极好,全家都能跟着,两口子已自先走了,安顿好就接儿子们去。

丁家地上堆着几个扎好的包袱,像是随时要走了。小鹊找丁亮帮她改档案,十三岁改成十五岁,拿到厂里报名,那边儿的意思是睁一只眼闭一只眼,走个形式,这事儿就完结了事。

单位催了几次,小鸿始终杳无音信。小鹊问厂里,能不能再留两年这个名额,等我初中毕业。董杭很生气,让人传话出来——工作岗位能空着吗,社会主义等你有空了再建设?谁也不能躺在军功章上混日子，占着茅坑不拉屎要不得。董杭和以前的厂长不一样，面粉厂的短暂就任对他来说就是仕途上的一个分号，如果不是必须要这个资历，他本不必面对这些琐碎的、计较的、不知餍足的人。

小鹊不善争辩，她直接领回了表格。

"你不上学了吗，你不是最愿意上学了？"丁亮问道。

"不愿上了。"小鹊摇头。

"你还小呢，看着也不像十五的啊。"

"再过几年我也是这个头，不长了。"小鹊道，看丁亮接过去对着台灯看了看，找了相似的笔，在废纸上试了，开始仔细改画。

"还是得学习，我把我课本留给你，你自己看。"

小鹊收起那几张表，接过书抱在胸口，丁亮学习那么好，到了北京，肯定能考上最好的大学了。她盯着地上的行李，那包袱看着就沉，坠着她的心，坠着她的头。丁娘娘临走的时候说，北京什么都有。什么都有，为什么要从济南调一个司机呢，又为什么要把这个家搬空呢？

"不坐会儿了妹妹？"蹲在门口的丁阳问道，他正在用水灌蚂蚁洞。

"以后别叫我妹妹，我十五，和你一样大。"

小鹊道。

屋里是椿儿咳嗽吐痰的声音,她咒骂着。

小鹊打开课本,旧书粗糙柔软,每个页脚都有卷曲和磨损,铅笔画的线笔直浅淡,她把脸埋进瘦长的字迹里,眼眶一阵发热。她又翻开一个本子,正面是抄录,反面是演算和素描,画的有工农兵,还有一个穿护士服扎双麻花辫的少女,手持一根针管,眼含微笑,脖颈修长,胸部饱满,再翻一幅,是这个少女捧着一本书,低着头,背景是一道道海浪。

窗口响起丁亮敲击的声音。

"鹊儿,有个本子夹书里了,你看见了吗?我还得用来。"丁亮赧然道。

"这个吗?我还没看呢。"小鹊把本子合上,从窗户里还给他,"还要哪个?"

"别的都不用了,你留着吧。"

丁亮侧身站在窗外,像照相馆里挂着的,上了色的,镶着花边的照片。他有些讪讪的,卷起本子在手心里拍了两下,想确定什么,到底没开口,点点头就走了。

那窗一下子潦倒起来,小鹊心想着等天暖和了,这里还是要再种上花,做个鸟窝,这是爸爸给她的窗台。

　　小鹊还真的没再长个儿,她成了面粉厂的一员,跟徐多友一样三班倒。丁家搬走的第二年,施镇越和穆兰被人带走了,人不知道押去了哪里,大门上挂了大头锁,贴了封条。因为有罪证没抄出来,也没让别人搬来住,那块三角地上方再也没有挂过香肠,下方的土地也再没人耕种。在小凤带着王福霖上门之前,家里一直是这么静悄悄的。

喜 被

王白衣的婚事在家里引起轩然大波。

矛盾集中在王白衣刚能给家里减轻负担,就要嫁到别人家当媳妇了,以后的工资不便再由王福霖代为保管。这跟白衣本来的忧虑大相径庭,白衣尤记得她第一次来月经时小凤阴沉的脸,好像她做出了什么不检点的事,连累母亲为此蒙羞,此后面对身体发生的变化,她不敢再告诉小凤,她学会了猜测、约束、遮掩、独自清洁、忍受疼痛。恋情乃至婚姻既然与此挂钩,也必有它应当羞耻的地方。"太早了。"这句话倒是跟徐小凤评价王白衣的初潮时一模一样。小凤正在评优,女儿不响应号召早婚,怕有人在她觉悟问题上做文章,也是她不愿同意的原因之一。

而如果一口拒绝,又实在不舍得放弃黄小海,和他出差时"顺路捎的"各地特产,以及三个嫁得颇有体面的姐姐。点头固然不甘,回绝也说不出口,拖着有难度,立刻答应又丧失了主动权,倒费了许多脑筋。

黄家三姐妹和三位姐夫齐聚,在燕喜楼摆了一桌,作为和王家的第一次见面。王福霖对她们的殷勤颇感熨帖,菜肴丰盛新鲜,金星手里的筷子全程没放下过。黄小珊一句话就打动了小凤——以后金星又多了三个姐姐。加之二姐夫承诺红旗艺校毕业后给她办到歌舞剧院,王福霖虽然没松口,但终于从"不舍得女儿嫁到没公婆照应的人家"过渡到"感受到人家的诚意"了。

此后黄小海每次请吃饭,王福霖徐小凤都欣然前往,他上门看望也被热情招待,这种看起来手拿把攥的事儿在王白衣看来都是白搭,她知道父母仍在比较着单位里适龄的青年、亲友家正当年的男子,一旦有谁具备更佳的条件,比如家里有四个好姐姐,黄小海之前赢得的好感便一文不值。在这个家没有什么决策是王福霖和徐小凤不能改的,无论改之前还是改之后,那都是为孩子好的万全之策,是父母为之计深远的最终答案。哪怕冒着恨嫁的嘲讽,她也必须快马加鞭。

林主任给王白衣开假证明的时候愣了半天。"你干了那么多年，这才二十啊。"林主任叹道，"不是为了那两条烟，是喜欢你们这俩孩子，尤其小王，你这孩子不容易。出去可别乱说，这种违反纪律的事，以前我不干，以后也不会干。"

王白衣拿着改了年龄的批条，和黄小海在区民政局领到了结婚证。

黄小海从她手里接过一对结婚证，用条新手帕包了，塞进信封，再放进包里，平常装得满满的包今天什么都没放，专门腾了空。

"吓死我了。"王白衣靠着树干长出一口气，"我现在越来越坏了，你发现了吗？"

"提倡晚婚，也不能不让结婚，单位要治你，大不了不要这个工作。光明正大的事弄成这样干吗。好像咱俩偷着结婚似的。"黄小海不以为然。

"我请你吃冰糕吧，再喝个酸奶，不对，得先喝酸奶，吃了冰糕再喝就觉不出甜来了。"王白衣不理会他的喋喋不休，连蹦带跳地跑去前面，面对他倒着走，"明天请吴静和春雨上大观园吃，我想吃炸羊肉串，还想给你姐姐们买纱巾，一人一条。"

"你发大财了？"黄小海吃惊地笑。

"以后我的钱我全都花了。"

打家具、替二人找票购置家电、去上海采办新婚所需的装饰,三个姐姐都包了,只剩了被褥铺盖一项给娘家置办。

小凤为难道,谁知道他们这么快就要办事,这不是难为人吗?被子胎还好说,急着买被面上哪儿找那么可心的,大闺女出嫁,马虎了叫人笑话。黄小荷听了,托人买来八套真丝料子,外贸出口的,轻柔细密,勾龙画凤,流光溢彩,指头上但凡有个倒刺,都不舍得下手去摸。小凤忙问多钱,人家哪里能要她的。

小凤把里子和棉花备好,又病倒了,她近来身体大不如前,倒不是装的。白衣试探地问道,不然还是拿去让姐姐们帮忙吧。小凤不许,说是不从娘家拉嫁妆,嫁过去低人一等。她撑着缝了半幅就做不动了,在上班的医院打了几天吊瓶。

这些料子最终被送到了小鹊那里。李主义死后,他那块儿地方摆回了一个写字台一台缝纫机,重新被塞满了。小鹊喜欢踩缝纫机,她的双脚在踏板上翻腾,与一个正常人无异。白衣也喜欢看她踩缝纫机,看整齐的线条延伸出去,一切在预料里,在规划中，秩序井然。

"你放心吧姨，姐姐们对我可好了。"她摘下小鹊肩膀上沾的浮毛说道。

"她们是对小海好。"小鹊道。

"对我也好。"

"那是对兄弟媳妇好。"

"那不就是我嘛。"白衣笑道。

小鹊没再说下去。缝纫机真快啊，像时间似的。她想起妈给她剪红纸喜字，也想起和妈俩人给小凤缝嫁妆被子，也缝了好几天。她亲眼看到椿儿趴在婚被上咬断线头的时候掉了两滴泪，那是她不该看见，是小凤无须知道，椿儿也不愿意提的眼泪。

还是喜被

小凤学校早就乱套了,她提前半年毕业,把王福霖带回家给椿儿相看,说是实习期间找的对象。小鹊管王福霖叫王大夫,小凤笑着更正说是王姐夫,好像她的婚事不需要许可,只是回家告知。椿儿没有留客的意思,王福霖就在饭点前告辞了。小凤说是送他,绕了一圈买了点儿肉又和他一同回来,说是下雨了不好走,还打开了王福霖带来的那瓶酒。

小凤大讲二人相识经过,说二人如何在医疗系统的联欢会上合作了舞蹈,如何互相借饭盒,又在盒里放信、放电影票,开始幽会,等她回到单位,王福霖如何把二人散步捡来的树叶、扑来的蝴蝶都压成标本,贴在笔记本里,如何辗转托人送给她。

椿儿让小鹊去盛饭,打断她道,"你妹妹还小,不用听这个。"

王福霖笑笑,给椿儿敬酒。他一张四方脸上眉眼上扬,像戏台上特意画的,显得神采奕奕,不说话的时候下巴总朝前伸着,好像人中里盛了水不能洒出来似的。椿儿不喝,只喝茶。

小凤的婚期定得很近,说是王福霖的单位请不下假来,两家除了同事没什么可宴请的人,倒是件省心事。连着忙了几天,椿儿已经骂骂咧咧,时常出去半天不见回来。小鹊常常一个人做针线活。

新软的棉花被,晒得暄暄的,小鹊想趁着亮堂再多缝一道,可是头一低趴在被子上睡着了,觉得被人掐了一下手,还以为是让针扎了。她蒙眬睁眼,王福霖正皱着眉头,低声咕哝肚子疼。

"俺去找俺妈,俺妈去买红纸了!"小鹊猛一站起来,觉得头重脚轻,眼前的一切都发着白光。

"不用,我就是大夫。"王福霖道,"你给我揉揉就行。"

小鹊的手整个被他握在手心里,贴到他的肚子压平,小鹊将信将疑地揉了两下。

"再往下,我这是肠绞痛,不是胃疼。"王福霖道,"你没上过生理卫生课吗?"

小鹊摇摇头,她哪里有那些学问呢,她的手在王福霖的指引下又往下挪了几分,轻柔地打着圈。

"没上过也没事,我教你。"王福霖道,"你得这样,来。"

他手一托就把她放到了膝盖上,把前襟掀开,把小鹊的手塞进裤边。王福霖好像真的在忍耐疼痛,山呼海啸地喷着气。小鹊冰凉的手碰上他滚烫的肚皮,一种早就忘记的委屈突然被惊醒,像被扇了一记耳光。

小鹊一跃而起,带着王福霖的潮湿从那个怀抱里挣脱出来,他的目光沉静严肃,像是老师面对一个考砸了的学生,怒其不争,又忍着不去苛责。小鹊胡乱跑出家门,一高一低,一高一低,漫无目的地跑了很久,只听见周围喊声越来越响,才发现到了厂门口,遇上了游行队伍。

大字报上画着一个样貌猥琐的男人,长着老鼠的牙和耳朵,耳朵还缺了一只。小鹊一颤,看那垂着头的年轻人身上挂的字牌,果然写了谭旺的名字。领头的人拿着大喇叭,说他放炮仗炸坏了伟人画像,用心歹毒。那个她爸爸拿命换来的人,竟然还在玩炮仗,并且面临这样的处置,说不清的愤怒让她捡起一块石头,朝那人扔了上去,那石头随便落下了,掉在一个什么都不是的地方,队伍里没有人因此停留一秒。

她缓步往回走,想告诉妈妈和姐姐的急切已经消解,甚至有些犹疑,是不是自己会错了意,在她不了解的世界里,或许这只是一件再平常不过的事情。妈为大姐婚事将近而掉的两滴泪,就像掉在她的心上。那是久违的喜悦,脆弱得不容侮慢。

"俺姐不能再挑挑吗?你不是说好几个来给她说媒的?"四条喜被做完,小鹊还是犹豫着问出这句话。

"来不及了。"椿儿道,"挑也没用,还是看命。"

小鹊当了小姨才知道来不及了是什么意思,她再没上过生理卫生课,也明白结婚到生产仅仅七个月一定是有蹊跷。小凤对外声称王白衣是早产,和当年小鹊的出生一样。

"别和我比,这多好的孩子。"那只白胖有力的小手挥动着,隔着小凤的手臂抓住了她的。

小鹊想着想着,也有一滴泪滴下来,她赶紧抹掉了,白衣大姑姐买的料子真是漂亮,可不能糟践。

小凤出院，得知被子是小鹊做的，很不高兴。

"慌慌什么呢，我又没说不给你缝，那个人也是，自己又不是没闺女，还少了你忙活的时候吗？"小凤检查了被子，也没挑出什么错，"从来就愿意出头，显得我这个亲妈不如她亲，不如她巧，她才得劲了。"

很快她就忘了这事，毕竟婚礼可说的事情更多，一千响一挂的炮仗、轿车、头纱、红葡萄酒、报社的领导，每一样都值得津津乐道。让小凤印象最深的是礼单，她逢人便说，光是暖水瓶就收了四十多对。

按老礼，新娘的双亲只能送女儿到门口，不能来婚礼，没有人觉得规矩会有错，当然也没人反对。这一切后来怎么改的也没人说得清了，好像新的规矩从天而降，一夜之间就会覆盖原来的，若干年后，如果你不让娘家父母亲临，一定会有人为你的自找麻烦震惊。所有的规矩都是自来如此，自哪里来，无从得知。总之白衣结婚的时候，只有红旗和金星一左一右陪着大姐坐上了车。

"没看见小姨呢？"白衣道。

"她拿了红纸贴井盖子去了。"红旗答道，"咱妈说早就没人讲究这个了，她不听，说贴了吉利。"

白衣探身往窗外看去，车行途中，果然每隔一段就有一个被红纸贴上的井盖。想到小鹊拖着腿一次次弯下腰去，沿着街道独行，白衣的眼睛模糊成一片，落下她本该在出娘家大门就该落下的泪水。她想起曾经看过的一个故事，故事里的兄妹俩被带到森林中，哥哥一路丢下鹅卵石，夜晚来临后，他就能循着标记，带妹妹找到回家的路。这一张张红纸，就像月光下的石块，指引她走到她想去的地方。

白衣穿了一身枣红色套装，双排扣、一步裙，站在一身白西装的黄小海身旁。认识的人，不认识的人，每个人都笑着注视着她，她觉得自己变成了一匹小马，几乎等不及这一刻结束，等不及下一刻开始，想要直接奔入田野，试试自己新长出来的四蹄。

回 乡

椿儿一直跑着,她已经很多年没跑过了,她穿过密林,穿过山坡,又从亮堂堂的地方,跑下小阳山,跑进树林,跑回了坡里庄,一切都是黑的,却又黑得各不相同,清晰可辨,黑的夜,更黑的房舍农田,黑得参差有理。

她在疲惫中醒来,扶着床沿咳了一阵,胸口发出风箱一样的呼哧声。她似乎听到一声无奈的轻叹,进而是落锁的咔嗒声。以前徐多友每晚临睡前都要多检查一遍大门,很多时候椿儿言之凿凿地说锁过了,其实都是忘了锁,又懒得下床去。徐多友走后,椿儿常听见这声咔嗒声,他一定没少回来,偷偷看顾,悄悄离去,椿儿从不睁眼,怕惊走了他。这次她不但睁眼,还爬起来了,叫了一声友哥,又叫了一声老徐。椿儿歪头听了会儿动静,眼前黑一阵亮一阵,像她烟袋锅里的烟丝一样,吞吐着一点星火。

她把手伸进薄薄的窗帘,指头抵在窗户缝上。她曾守着一扇比这更小的窗,把自己的自由寄托于一个几乎未曾谋面的陌生人,那时候她有一棵两拃高的酸枣,那是她从暗无天日的地方带走的唯一一样物事,可带出来就没了,是路上丢了,车站挤没了,还是落火车上了,记不清了。是不是真的有那样一棵酸枣,她也拿不准了,或许那天徐多友根本就没来,喝足了酒拿着工钱又到了别的村,找到一个大姑娘,生儿育女,又找到他的弟弟徐重友,一同把破屋扒了,盖几间新房。像那个与她毫不相干的孟老师一样,对她曾有一丝怜悯,却不足以支撑他做任何事情。

此后的几十年,弄不好只是仓神庙被打开前的一个盹儿,是她痴心妄想,偷来的岁月,跟那个写诗的人一样,站在窗前胡思乱想,尘满面,鬓如霜。丰收之后,她又会在仓神眼前被农人们耕种,产下一个个孩儿,被送去四邻八乡,她会有几十个孩子,孩子们会有几百个孩子,她会像一条干枯在即的河散开每一滴水,两两不识。人不知道父母是谁,也不耽误活着,又何必叫爹叫娘呢。接生婆说,生多了就不疼了,撇开腿就完,像拉泡屎一样,哪怕她手下的每一个女人都死去活来,她还是一样的说辞。世上没道理的话太多了,比方说砍你一刀疼,第二刀也疼,再砍一刀便不疼了吗?

　　椿儿狠下心,拽下了帘子,外面不是三角地,也不是谷仓,是一片又白又亮的大太阳地,送亲的人齐唱着她熟悉的丧歌,喜轿摇摇晃晃,摇摇晃晃,朝后抬去,新妇的盘头被放下来,编成少女的发辫。椿儿仰面躺下来,她摸着自己的肚皮,那里光亮平整,绷得像一面小皮鼓。

地　球

几年没见的姐妹俩,因为母亲的葬礼又见面了。小鹊脑子里转悠徐多友常说的那句话,觉得受罪了你就想,享福的时候在后头呢。后头是多后头,他没说过。

小凤买了寿衣寿鞋,都挑的好的。

"太阳从西边出来了。"王福霖一打量,已看出价贵,"你妈活着也不是疼人的人,人没了你还指望她保佑你啊。"

"疼没疼过她也是俺妈,要不是她……"小凤停了没说。

小鹊心想,要不是妈的出逃,小凤大概会被大娘潦草送嫁。但小凤不知道的是,妈还曾为了她回去过,又去了那个决不想再踏足的地方。

王福霖被冯院长打伤那年，小凤也被停职，王福霖皮肉生疮，人已经迷糊了。小凤只能把白衣和红旗放到姥娘家，徒劳地照看着。

椿儿在屋里盯着两个外孙女，盯了好一会儿，找人上厂里叫回小鹊，让她看着孩子，自己换了双鞋就走了。

小鹊看着姐儿俩睡着，堪堪等了一夜。第二天妈拿回一包药，让给小凤送去，就说是小鹊自己求人要来的秘方，别提她。小鹊送了药回来，椿儿还坐在窗口抽着烟，连风尘都未掸，桌上的茶泼出许多。

这一趟像给她的瓢子掏尽了，整个人更空了，脾气也更大了。小鹊心想，把这事告诉姐姐一家又有什么用呢，妈当年不说，现在更没必要说。说了他们会领她的情吗，不会，他们只会说，当妈的，不是应该的吗？

几个人惊怒交加的叫声让小鹊回过神来，李主义探身捡起半块砖，又朝王福霖砸过去，王福霖显然已经被前一块儿砸中，脑门正中破皮，流下一道血来。

"你敢打俺爸爸！"红旗捡起那块砖头就要还击，白衣忙拉住。

"李斜子！管好你弟弟！"小凤嚷道，"不知好歹的行行子[1]！"

李斜子想用满月的手绢给王福霖擦擦血迹，满月尖叫着不肯，李斜子忙罢了手。王福霖二话不说，走上前一巴掌把李主义呼到地上。李斜子来不及拦，弟弟已经窝着脖子，嘴里吐出白沫。小鹊奔过去，抱着李主义哭起来。

"今天别闹起来。左邻右舍笑话。"小凤道。

哪儿还有什么值得一提的左邻右舍呢？

穆兰婶婶打从回来身体就不好，没几年就走了，后来院里要求家家户户挖防空洞，三角地挖空了一人高，又说不用挖了，那个传说中的十字架就是那时候找出来的，现在已经没人追究了，但施镇越没有说那是不是他们埋的，只把它拿进屋，又去写他的字。他总是惜字如金，两点一线，只吃食堂的那一顿，不在家开伙，人变得很薄，穿着发白的技术员制服，走路也轻飘飘的，像个煮漏了馅的饺子，今天外面闹成这样，他还是不出来。

丁家人到北京不过五六年就被疏散到广西，直到前些年才回乡，房子已经要不回来了，原先那

1　【行行子】家伙，用于指人。

户搬进来一户小夫妻,后来先后去了海南做生意,房子一年有十个月空着。当初和小鸿形影不离的建国、百胜,很久没见了,有人说百胜蹲了几年,出来后不混这片儿了。这个院子只有两种时候热闹,一是过年,二是留在这里的老人又死一个。

徐多友和木春轩合墓了。爬上那座山对小鹊来说有点困难,没想到的是,小凤也上得颇为蹒跚,一路上歇了几次,她站在石阶上喘息,嘴唇黯淡,染过的齐耳短发几乎覆不全头皮,而王福霖早已走到前面,腰杆儿都不曾驼一下。

白衣跪在姥姥坟前絮叨很久,把黄小海带的烟点着一根,快灭了又续一根,烟锅已随着人烧了,以后她再想闻姥娘的味,也没处闻了。

"供过就行了,整包放这儿,一会儿就让别家上坟的拿走了。"王福霖道。

红旗立时把烟拿过来,塞到王福霖手里。

"碑上写的这个舅舅还活着吗?"金星看着徐小鸿的名字问道。没人回答。

"这里还真有点像泰山呢。"小凤刚喘定了,望望周遭道。

"是啊。"白衣随口作答。

"你什么时候去过泰山了?"小凤问。

"看电视，电视上看的。"白衣结巴着。
"嗯……"小凤道，"不用去，没意思。"

　　李主义回到家不吃不喝，小鹊捡起掉在一边的地球仪递给他，他也不玩。那地球仪满月抱着转了几次，不再碰了。眼镜家借了一次，当天就还回来，说是眼花了，看不清，自己去买了个更大的。李社会倒是很喜欢，他手劲本大，一掌拍下去，那地球转得飞快，蓝蓝的很是好看。

　　小鹊做了荷包蛋方便面喂他吃完，李斜子安顿弟弟睡了。天还没亮，两人就被满月喊醒了，说臭。拉亮了灯一看，他们昨晚明明把李主义抬上了床，现在他却又坐在了轮椅上，垂下的头扎在裆里，吐了一地，早没气了。裤子上挂着弯弯曲曲的方便面，像一个洋娃娃落下了假发。

　　"我要买个写字台。"满月问，"现在能放开了吧？"

紫砂壶

丁亮把小鹊叫到车间外头,道了一番节哀。

"照理说,我该去送送婶子。"

"你忙。不用客气。"

"去了心里不得劲儿。"丁亮摇头,"这两年送走的人忒多了。"

丁家第一个走的人是最小的儿子,丁阳学过爆破,被安排去了人防,遇到洞口坍塌,整个队的人都埋里头了。丧子之后,丁家父母前后脚都没了。这些事都是丁亮自己操办的,大哥留在了广西,喝酒喝得媳妇不跟他过了,听说还上前妻门上闹事进了次局子,本来能调回来,因为有这个记录,说好的单位也不再接收。接连的打击让丁亮的步伐不再飞快,肩膀垂弯得更厉害了,好像一个不会挑扁担的人挑着一个扁担。

小鹊知他要强,不想人问候,没有接话。

"你觉得制药二厂怎么样?那边有个福利岗。"丁亮用衣襟擦擦眼镜,蹉了蹉地上的土块。

"我听说了,活轻省,还有大礼拜小礼拜。"

"我介绍你去。"

"人家能要吗?"小鹊道,"我小学都没上完。"

"就是刷刷瓶子、灌装、拧盖、贴贴标签,要多大学问?又不是让你发明制药。"

"我回家和老李商量商量,那边儿离家远。"小鹊道。

"早给信儿。"丁亮半晌道,"两口子还是别在一个单位。"

"咱厂里这方便面不是卖得不孬吗?"

丁亮的眼望向空处,不知道想什么。他要是看到小凤现在的样子,还会在本子上画她吗?小鹊随着他的目光,望向空处。

圆坟的那天是小鹊自己去的,黄纸、香、一对苹果橘子、一包蜜食桃酥,一瓶酒给爸,一保温杯茶给妈,背不动,不敢带太多,慢慢拾阶而上。

有个人正从山上下来,小鹊抬头,见那人穿着长袍,头上扎个纂,不走台阶,从土坡另一侧轻飘而去,脚不点地,隔着树影往她这边儿看了看,又消失在树影中。

小鹊走到父母坟前,远远看见坟头竖着一根树枝,走近一看,上头用麻绳挂了一串儿紫砂壶。

空　隙

"你家大姐本事太大了,是个当地下党的料啊。"鲁丽挤眉弄眼地说,手上没停地扎头发戴帽子,又套上劳保手套。

"什么事儿啊?"小鹊也重复着同一流程。

"我那妈耶!她连你也瞒着啊!"鲁丽道,"你大姐医院不是不让她要这个孩子嘛,说下新文件了,要孩子不要工作。她看不着文件,就假冒咱厂管计生的,上政府要文件去了。"

"假冒咱厂的?"

"可不呗,她对咱这儿熟门熟路的,装得可像了。"鲁丽比比画画,好像她看着了似的,"去了跟人说,申请再要份文件回厂来宣传政策,人家就给她了,她拿了一看可了不得,明白儿说的是下文件前怀的不用打！不让为了这个开除！这下子主壮了，白纸黑字红公章拿回去，医院领导没鼻儿吹了，只能把准生证给她批了。"

"那你怎么知道的，让人揪出来了？"小鹊问。

"你傻啊，咱厂里计生办也得去要材料啊，那干部说，'哎？不是给你厂里了吗？上次说没发给你，这次我可记着呢！'这才露了馅了！这时候说么也没用了，你说喜人不喜人。"

小鹊情知没事，这才忍俊不禁。

小凤这时还得意不出来，要是这个拼了处分留下的孩子还是女的，那就白折腾了，她会像被叫作"五朵金花她妈"的南门娘娘一样，成为一个笑话。临到生产，不知怎么的，三天两头想吃椿儿做的疙瘩汤，王福霖只能骑车驮她来。小鹊见了他，常比平日更跛。

"看你妹妹那样，够悬能找上对象了。"王福霖嫌弃道。

"敢情好啊，到时候说个二婚的，比你年纪大，进门还得叫你姐夫哥，你不赚了吗？"小凤笑道。

这件空手套文件的奇闻，直到小凤生下了男

孩,才终于成为她百讲不厌的故事之一。那段时间金星还没生病,家里气氛空前和气,王福霖也很少发火,白衣对这个弟弟充满感激。爸妈倒不开班的时候,王福霖带着红旗,小凤带着金星,白衣就被寄放在姥姥家。她给老妈妈们洗牌,给椿儿装烟,偷偷猛吸烟锅里的烟油味。

"放下!"椿儿叱道。

如果小鹊早下班,会带几根狗尾巴草,编成兔子和小猪。要是有散碎绒线,还能把黄溜溜的橡皮筋缠成漂亮的绒毛头绳,白衣想学,小鹊说不用学,姨会一直给你做。

"姥娘你最喜欢哪个孩子?"等爸妈来接的时候白衣问椿儿。

"哪个也不喜欢。"

"嗯,这叫一碗水端平,妈说了,手心手背都是肉。"

"哈,山里逮狐狸,狐狸叫夹子夹住,它要想跑,能啃断自个儿的手。"

白衣吓愣了。"姥娘,又蒙我!"过了会儿笑道,"上次给俺讲的那老马猴,吓得俺睡不着,再吓唬俺俺不听了。"说是不听,又竖着耳朵,是卖冰糕的来了,一声声叫,白衣的眼珠子一圈圈转。

"买去。"椿儿掏出钱道。

"不想吃。"白衣摇头道。

"兴我蒙你,不兴你蒙我。买去。"

白衣的童年似乎凝结在那短短的几个月,往后她要踩着小板凳,把一双手伸到灶台,伸到水池、晾衣绳,伸到她本不能够到的地方,直到她一寸寸长高。

吃了冰糕,舔了棍儿,洗干净晾一排,攒了一瓶子。小鹊给她写上字,让她在屋里摇签玩,有好好学习天天向上,有健康成长快乐幸福,每一根都是上上签。

叉 子

王白衣提前告诉黄小海,她家的水饺一向不够吃,最好先垫巴点儿再去。黄小海道,"那我就带点儿菜去陪老爷子喝两杯,饺子就酒,越喝越有。"

黄小海敲门的时候白衣不好意思去开,装作没听见,红旗和金星去迎的,两人四只手拿进来一罐麦乳精、两瓶芝麻香油、一瓶盒子很大的泸州老窖、扒鸡、苦肠,还有黄小珊做的装在保温桶里的酥锅。一阵安顿后,黄小海才落座,王福霖也收起了桌上半瓶的孔府家酒。

平常不够的水饺突然就太够了,它们一盘盘被端上来的时候需要小凤用"趁热"催促众人快吃。黄小海对于随水饺被拿来的餐具感到不解。

"俺家吃小包子用叉子。"红旗道,"一共六把,以后再多个人还没有了呢。"

"这还是俺妈攒了半年的钱,一把一把买回来的呢。"金星道,一叉子把水饺里的汤戳了出来,赶紧凑嘴上去吸。

黄小海端详着不锈钢叉子,跟着大家笑了会儿,放下叉子用筷子吃水饺,那是白衣包的。他边品味边说道,"我预习预习。"他的话常常让大家发笑,小凤不住地往他碗里夹菜。

"俺大妮儿你放心,干活没问题。"小凤不无遗憾地对黄小海道,"就是学历够不上你,你得带她多进步。当年我们这么劝那么劝,让她好好上学,她倒好,为了个工作初中都没毕业。"

站在厨房给大家分饺子汤的白衣那边"咚"的一声,好像是把碗掉在了锅里。

"你看她厂里,有文化的年轻人都提了。"王福霖叹息道,"你看她弟弟妹妹,上了学,就不用和她似的下大力了。没办法,这孩子倔,看着好脾气儿,有个老主意儿。"

红旗借着倒酒的工夫,从王福霖的杯子里喝了一口。金星没放过保温桶里最后一块排骨,并发明了一种新的吃法,用水饺蘸酥锅的汤汁。黄小海看了看小凤,那个故事他早已经听小鹊说过了。但是他点点头,举起杯子,杯口碰在王福霖的杯底。

白衣今天拥有了不用刷碗的特权,她送黄小海出去,一路不想说话。

"我今天才知道,他们对没让你上学的事儿这么愧疚。"黄小海见白衣停下来,也停下来道,"真事儿。不然他们不会篡改记忆,编成现在这个说法。"

王白衣愣住了。这是她没有想过但听起来有些可信的思路,只是信了会叫人委屈——可能的愧疚意味着理应体谅,因为这份体谅,她将不得不接下这套崭新的说辞。她的退让被重新定义,似乎是她短视而决绝,不顾父母的苦口婆心,并已经为此自食其果。

"你爸你妈,不是坏人。"黄小海拉起白衣的手往前走,他另一手的网兜里是保温桶和小凤的回礼:两瓶用葡萄糖瓶子装的西红柿酱。他又说道,"是有点虚荣心,也不是大毛病。一套叉子还分开买,日子过得够仔细了。"

白衣想告诉他,买叉子的那半年,红旗想要双新白网,一直要不着钱,天天早起去教室里拿根白粉笔涂一边,把刷不出来的地方遮住,后来还是白衣给她买的。

"我当了那么多年孤儿,这下有个家了。"

王白衣没再说话,两个玻璃瓶在黄小海手中不时碰撞出闷响。

矿泉水

白衣一大早就准备去黄小钏家把儿子接回，黄小海出门前说了，姐姐们宠孩子，住一两天行，住多了就惯坏了，别将来跟满月似的。

白衣边把他折角的衬衫领从脖子那儿翻出来道，"你怎么不说和你似的？"

接回黄澄澄，白衣把他放上车后座，带了两瓶新下的蜂蜜，朝小姨家蹬去。红灯前，白衣单腿点地停下车子。

"妈妈，彩虹。"后座的黄澄澄推她的背喊道。

白衣看看阴沉沉的天空，回身一瞧，儿子指的是水坑里的汽油花，那正是以前她跟儿子开玩笑说的，于是笑着嗯了一声。路上的汽车眼瞧着多了，白衣却已经几年没班上了。也不是不能找工作,每次都被大姑姐们拦着,说好容易有了小孩儿,让她在家全心全意照看着黄澄澄,缺什么就跟她们说。到底缺什么她自己也说不清,家里似乎什么都有了。

小姨那栋楼里还是闹腾腾的,范益家的中过风以后话说不清楚了,嗓门还是大,她家只关着破纱门,里头的门大敞着,走到楼下就能听见她的声音,每句话都响亮而含糊。对门俩老师家是个大新闻,搬走不稀奇,奇的是他们一下买了三套房,自己住一套,还给儿子女儿各分一套。

李斜子站在楼道里端着碗吃方便面,黄澄澄叫了声姨姥爷。

"姨父怎么不进去吃啊?"白衣问。

"我点了两滴香油,满月闻不惯这个味。"李斜子道。

他从面粉厂下岗的时候分了不少方便面,抵了一部分工资,要是自己有销路还可以再去领,半人高的编织袋子,李斜子绑回来好几袋。他摆了一阵夜摊,说闺女和她同学下晚自习都从那儿走,孩子脸上不好看,没再去了。反正这批面没有调料包,卖也卖不上价,他就顿顿吃。上次白衣问他这面过期了没有,他说这东西没日期,能放十年。

"你姨在里屋。你俩小声点,满月睡着呢。"李斜子仰起脖子喝光了油黄黄的面汤。

外间屋满月的床上果然拉着帘子,只听见小风扇响。走进里间,小鹊刚关上纱窗,窗台外红红黄黄种着好几盆灯笼椒,她摘了一簸箩,正摊床上晾着。黄澄澄抱着两瓶蜂蜜一跃上床,钻进小鹊怀里。白衣忙叫他轻声。

"我就猜你娘儿俩要来,让你姨父买块儿羊肉。"小鹊急着下床,"你看看他买了个么回来!"小鹊指着地上的粉红色塑料盆说。

"别忙别忙,我俩吃了来的,一点儿不饿。"

盆里是个王八,在半盆水里扑腾。黄澄澄立刻下去逗弄。

"谁养的啊?"白衣问。

小鹊努嘴道,"满月每个月来身子,她爹就给她炖个王八,要么就炖个乌鸡。"白衣失笑,还没想到说什么,李斜子进来了。

"孩子那么受罪,不吃点儿好的能补过来吗?"他拿着报纸,坐在板凳上指指画画,"你看看人家潘婷她爸,和人家一比咱才能给孩子做到哪里。"

"谁是潘婷?"小鹊问。

"潘婷啊,飘柔潘婷海飞丝,这你不知道吗?"

李斜子道,"这上头说的,人家潘婷她爸爸,拿闺女的名字注册成商标,卖多少都是给闺女的。你算算那是多少钱,你都没法算。"斜子不久前因为白内障做了手术,不知道为什么,手术之后不往一边斜眼了,像一双眼分别向两边看去。白衣躲过他的目光,也可能没躲过,逼着自己看向墙根,当年刷的绿围墙因为潮湿掉了好多墙皮,角落里用尼龙绳捆着几摞课本和练习册。

"满月想再复习一年啊?"

"今年没发挥好。你寻思高考是好考的来!这就跟以前考状元一样,李白杜甫怎么样?他们都没考上过。"斜子道,"已经报复读班了,她紧自就早上一年学,里外里等于没耽误么。"

"想学就行,再试一年,不行再想办法也不晚。"

白衣话音未落,满月冲进来,踩得地咚咚响。

"想什么办法?不上学等着和你们似的下岗吗?"满月大声道,"还没考你就跑这儿来咒我!"

"哪里咒你了!"白衣道,"我是安慰你爸你妈,怕他们有压力。"

"我考试他们考试?你怎么不怕我听了有压力呢?你要是有文化,我也听听你说的,别自己没上过学就不盼着别人好。我告诉你我不上大学已经是这个屋里学历最高的了!"众人听她把黄澄澄也算进来,都忍不住笑了。满月见他们笑,气得满脸通红,一把掀翻了床上的簸箩,辣椒落在蹲在地上的黄澄澄头上,吓得他往边一躲,踩翻了小盆,王八肚皮朝上,水淋淋地挣扎着,黄澄澄眼里进了辣椒籽,手一揉疼得哭出来。

小鹊搂过黄澄澄轻声哄着,白衣忙拿了笤帚拿抹布,连擦带扫,捡起辣椒,弄干净地上的水。

"你跟我们咋呼行,别冲人家。你也不小了,你姐姐再不和你一般见识也是客人,你得讲点儿礼貌。"小鹊闷闷道。

"李社会你看了吗,人家咒我她不管,胳膊肘往外拐,谁近谁远分不出来是吧?"

满月指着小鹊向李斜子叫道。

白衣放回扫帚,拉过儿子。

"你妈肯定向着你啊,你姐姐也没坏心。"李斜子赔着笑脸,又对白衣道,"她来身上难受,平常愣好。"

"表姐,表姐!别整天姐姐姐姐的,不知道的以为她是亲的。自己没有妈吗,整天往这儿跑?"满月推倒桌上那两瓶蜂蜜道,"这算什么啊,等以后徐小鹊起不来了,有本事你来把屎把尿,养老送终。反正你亲妈也不愿啰啰儿[1]你。"

白衣带着儿子走后,小鹊躺在床上,动也不想动,听着斜子在外屋安抚满月,父女俩在外面一唱一和,王八汤的腥气一同传来。

黄澄澄早不哭了,眼泪却还不住地流,白衣找小卖部买了瓶矿泉水,蘸湿了小手绢给他擦眼睛。

黄澄澄喝了一口矿泉水道,"妈妈,这饮料不甜。"

"这是水。"

"小口喝还是有点回甘。"黄澄澄细细品尝,学着爸爸喝酒的样子,把白衣逗乐了。

"妈妈,张爱玲是谁?"

"是个大作家。你怎么想起问她?"白衣道。

"上面说她死了。"

白衣顺着黄澄澄的目光,看了会儿小卖部的电视,主持节目的两个人不胜唏嘘,似乎说张爱玲是在孤独中凄凉离世,老板很快换台了,那电视接了"锅",能收好多她没见过的台,她领着黄澄澄出去。

"妈妈,你什么事儿都知道,为什么满月姨姨

---

1 【啰啰儿】共事,打交道。

说你没文化?"黄澄澄坐在车后座搂着白衣。

"我才不是什么都知道呢。"白衣道。

"那你知道我想要什么吗?"

"你想要个小乌龟。"

黄澄澄啊了一声,惊喜地在车座位上扭来扭去,白衣被他晃得硬拉住车把,使劲朝花鸟鱼虫市场蹬去。两人挑了一只小乌龟,瓶子盖大小,黄澄澄兴奋至极,问能养多久,能养多大,能不能变成忍者神龟,白衣道,能陪你长命百岁。她忽然一点儿都不怕溺爱了儿子,应该对他再好一点,最好胜过所有人,让他不用张望着去寻找。

命 运

小凤不肯办病退,硬撑到退休的正日子。脱下护士服,摘下工作牌,每个科室转了一圈,鼓掌欢送。王福霖把她稀疏的乱发塞进灰色毛线帽后面,摘下她胸口的红花放进挎包里,看他样子,他本想嘱咐她一个人慢点儿走,最终还是由着她挽着胳膊,一同走到了车站。

一个老病号也在等公共汽车,见了王福霖招呼道,"王大夫,这是你母亲啊。"小凤没等王福霖回答,三步两步跨上车,没再往窗外看去。这不是她第一次被认成王福霖的妈,王福霖怎么就不变样呢,他不会老吗?小凤知道此刻护士站的很多人正回味着她家的逸事,或许比说起香港明星的传闻更兴致盎然。

刘映红被抓了现行之后再也没到单位去过，她和王福霖在值班室办好事被人撞见，每经过一人之口，关于刘映红的细节就会多一些补充，越来越活灵活现，似乎事情的当事人只有她一个。其实当天早有好事者通告了小凤，她没赶过去，事后既没有闹，也没有为任何人辩白，只是照常上班，路过通告栏不看，偶遇人闲话不听，像她见过的很多人一样，学会了在好奇的注视中浑然无事地生活。那之后王福霖换了长白班，也不再独自出门，他整个夏天的夜晚，似乎都用在打苍蝇上，他赤着膊，神态专注，挥起红色的蝇拍，仍是壮年时打羽毛球时的英姿。

白衣已经在家等着小凤了，只能是她来陪着。可是人没有办法在假装一无所知的情况下说出安慰的话，白衣更没有办法。横亘在她们中间的不只有难以启齿的不伦，还有层层结了疤的旧事，一踩上去，血肉就会粘连着腐烂和脓水，提醒你此处不可能愈合。

白衣被买断工龄那阵十分低落，小凤说女人没有工作，只知道带孩子，很快就会成为老妈子，男人还整天出差，早晚出事。白衣听着更难受。

轮到金星夜大毕业找不到工作那阵，小凤上黄小荷家坐着，哭着说女儿给黄家一心一意带孩子，到现在却没能力帮亲弟弟找份好工作。相似的戏码在金星找对象和婚礼前再次上演，区别只是在当下的困难中找哪个姐姐更加对口。她总有理由让你相信眼前的困境都源自你，除了面对王福霖，他不但能免于对错的审判，甚至能在事情中隐身。白衣不羡慕金星，她羡慕小凤，她总能豁出去在大大小小的事情上维护她最宝贵的孩子，让她的愿望永不落空。

至于让母女二人半年没见面的那次争执，更是言犹在耳。白衣难以抑制地流泪，说是全然为了小凤固然可信，内心却明白其中的牵强。

"要是病的是你爸，我会整天在外头浪，浪出这事儿来吗？"

"不知道。"

"你知道什么？！"

"我爸这样也不是因为你病了。"白衣道，"早先二梅说看见他在青年公园搂着人家跳舞，你不信，还骂人家。"

"二梅住哪儿？她能上哪儿看见？就算她妈看见，肯定也是徐小鹊让她传的话。"

"那又怎么了呢，有人提醒你是好事。"

"她等着看我热闹，已经等了好几十年了。"小凤见白衣转过头，怒道，"你不信？上次我说咱家的人活不长，她说什么，她说和我不是一个基因。小学都没毕业的人，在药厂上两天班，跟我说基因！不就是为了说我不是亲爹亲妈养的吗？我没她那么好的命，我认了。她笑话我，她就没有好心眼！"王福霖的风流韵事不曾引下一滴的眼泪，此刻如泉涌出。

"小姨吗？她命好？"

"她还命不好，她从小什么没有？就算她身体不好，谁身体好一辈子了？都得照顾她，什么好的紧着她，在家有爸有妈，结了婚有婆婆拿她当亲闺女，你没见过你姥爷怎么看她的，十个王福霖，也没有那种眼神。"小凤惨然，一口气说完只能撑着白衣躺下，蜷缩成一团，"你知道咱三个有个什么共同点吗？"

白衣等着她，她喘息渐止，合上的眼皮里仍渗出泪滴。

"我们都改过年龄，我改小了一岁，你姨改大了两岁，你呢，是介绍信上作假了，对吧？"小凤气若游丝地念叨，"我本来是去年退休，去年退休，就没有这糟心事。"

白衣给她掖了枕头，两人都没再说话。白衣轻轻拍着她，像不久前拍着儿子。棉被下的儿子如此柔软，而母亲坚硬嶙峋，骨瘦如柴。

一则新闻

《泉城晚报》讯，3月21日下午1时15分，司机张某春途经建设新村中路时，与马路中央一名8岁男童发生交通事故，致使男童重伤，送医后不治身亡。张某春疑似存在多项违章驾驶行为，案件目前正接受进一步调查。

张某春为建设新村北路某楼盘工地货运司机，当日驾驶肇事车辆经文汇路驶向建设新村中路，下坡时未减速。从现场发现，下坡处有明显减速和避让学生等标志，路口则并未设立警示牌。此路段本年度已发生三起车祸伤人事件，前两次伤者均无生命危险。记者正与交通部门负责人联系，就是否将设立更为醒目的警示路标展开追踪报道。

据目击师生称,男童名为黄某某,新村一小二年级学生,该生事发前已走到校门口,为捡回被风吹跑的小黄帽返回路中央。

赤 足

王福霖搂着一个穿黄色连衣裙的中年女人,这曲快三结束,一个更年长的女人接替了她。那女人上衣上的亮片在灯光下璀璨地闪耀,连着跳了平四和慢三,舞曲的间歇她的手没有从王福霖的肩膀上放下来,对想来交换舞伴的人目不斜视。接下来的一曲慢三,王福霖像是迫于情面与一个学生模样的女孩儿合跳,女孩儿动作生疏,神态惶恐,不停踩到他的脚,穿着健美裤的腿像第一次吃中国菜的外国人拿的筷子,僵硬地朝无法预设的方向分头行动。一曲结束,女孩儿飞一样地逃了。音乐陡然变得热闹,人群中喊起"恰恰恰"的起哄声。假装要下场休息的王福霖和故意躲在人后的黄裙子女人被拱回了场上。他们在场地中央相会,脚步轻快,神采飞扬，王福霖的黄领带和黄裙子相映成趣，如同火焰的尖儿。

小凤的双眼被这火焰刺痛着，她从乐声中退出来，坐在树丛里的一张长椅上，多站了这么一会儿，静脉曲张的地方已经紧绷绷作痛，她脱下布鞋转动脚脖子，捋着蜿蜒的血管。

"行吧？"

一个老头儿的声音在她上方问道，同时将她那两只鞋子踢成了十字。

小凤不明所以地抬头，老头儿的目光像是要把她看穿，他垂在她面前的手中指和食指焦黄，不耐烦地弹动着。她看向其他树丛，这才发现每张长椅上都有一个看不清面貌的女人，面前站着一个或几个上年纪的男人。小凤豁然明白这是在问她是否愿意卖身，不，是否愿意以他划的价卖身。她捡起鞋子跳起身，一鞋拍在那老头儿脸上，老头儿惊呼着倒退走，小凤把两只鞋连着朝他扔出去，老头儿一路骂着，护着头钻进更暗处。她知道自己脸上又挂上了那种会激怒别人的笑容，她直接往回走了，没走几步肉色的短丝袜就破了，她扶着路灯脱下来，扔在了灯底下。很多年前她经常光脚丫子，在沟沟坎坎里奔走，不觉得疼，也不觉得累。

王福霖会闻声发现她吗，还是会假装没有看

到她?他会露出嫌恶的、惊异的、羞耻的,还是那副亏心后做小伏低的殷勤表情?只要别是怜悯。她在徐多友脸上看到过,在徐小鹊脸上看到,甚至在黄小海脸上也看到过。

与徐小鹊最后一次相见是在给妈下葬那天。下山的时候她心情轻松了许多,因为走得慢,发现了许多野菜。她指给小鹊看,这个能包小包子,那个凉拌就行,那个牛羊能吃人嚼不动,还有个虽然好吃但容易拉稀,边说边装满了尼龙袋子。小凤为自己的丰收喜悦时,看到了一直沉默着帮忙的小鹊,含着泪水对她微笑,温柔得令人愤怒。

她当然不认识野菜,她在父母照护下饱足地长大,她在可怜老姐姐孤独贫寒的童年,她一定在心底用她爸爸那口气说"每个人受的罪都是有数的"。那不配作为安慰,也不可以是同情,只有最迂的人才会被这句话诓过去。

避 风

小鹊下了早班没有直接回家,去了儿童医院,这个时间家里没人,她不需要给任何人报备。

"黄澄澄,你姥姥来看你了。"吴静的同事都爱逗这个话多的小孩儿,自从第一次被他纠正了,就故意总是这么说。

"是我姨姥姥。"黄澄澄果然上套了,"姨姥姥不是我妈妈的妈妈,是我妈妈的小姨,我亲姥姥的妹妹,姨姥姥的孩子是我的表姨,但是我也叫她小姨,我妈妈的亲妹妹我叫她二姨,二姨要是有了孩子叫我妈妈大姨。"

"等你有孩子了叫你姨姥姥什么?"

滔滔不绝的黄澄澄愣住了。小鹊笑着拦住他道,"别琢磨了,姨姥姥还不一定活到那时候呢。"

黄澄澄没什么大毛病,一上幼儿园就闹症候,三个姑姑心疼得到他们家掉眼泪,言辞恳切,态度卑微。白衣终于答应在家看孩子,像她答应所有不愿意答应的事一样。今天也是黄小荷要求来复查的,希望大夫解决她侄子不爱吃鸡蛋的问题,提前给挂的专家号。

小鹊带着黄澄澄坐在吴静的办公室里,吴静从锅炉房给他们端来几个烤地瓜,白衣也拿着两盒开胃的口服液进来了。

"吃!热乎的。"吴静指着铝合金饭盒让她。

"我妈妈不吃烤地瓜。"

吴静笑问黄澄澄道,"那她吃什么?没别的了。"。

黄澄澄想了想道,"她吃劳保。"

众人笑出声来。白衣向他道,"别乱说。"

黄澄澄不服道,"大姑说的,说她能给你办。"

白衣道,"爸爸听见了要跟大姑不痛快呢。"

"这孩子学会学舌了。以后大人说话得背着你。"黄澄澄对地瓜兴趣不大,咬了一口就放下了,小鹊目送他拿着没有针头的针管去院子里滋水玩,转过头来,白衣正不放心地探头望向窗外,"都是为了孩子。"

白衣嗯了一声。小鹊看着这副恍惚的模样,

想起白衣婚前曾在她上夜班的时候单独来找她，问她要是不结婚能行吗。小鹊没问是什么事，搂着她就掉下泪来，她们无言地哽咽，用力抚摸着对方的后背，似乎有一个解不开的死疙瘩扣就在眼前，往哪儿托都一样。小鹊道，"孩子，往好了过。"白衣哭完了，吐出一口长长的气道，"别告诉我妈。"小鹊拉着她的手，把她送出去。白衣的背影在夜幕中像一艘小纸船。小鹊想到小凤知道了一定会骂白衣不知道好歹，没拿镜子照照自己，作，让他们丢脸，说不准还有更难听的话，她却觉得白衣想过什么样的日子都不过分，想要更多或者更少都是那么合情合理。可是除了现在的日子，还能有什么别的日子吗？别管怎么着，得往好了过，和黄小海过比在家里强，这是白衣自己说的。小鹊想，家家都有难念的经，别人念的咱们听不见就是了，而且有了黄澄澄，白衣不可能再后悔。黄澄澄像个小太阳，他记得妈妈爱吃什么不爱吃什么，懂得帮妈妈拿着雨伞或太阳帽，甚至知道让着比他大那么多的满月。

小鹊趁吴静出去，把一个报纸叠的信封塞进白衣的小挎包里，白衣想掏出来，被她死死摁住。"是奖金，没在工资条上。"小鹊道，"我知道你有钱，那是家里的钱。我给的是你自己的，自己得有点儿。"

白衣没再挣扎,垂下了头。

"别告诉满月。"小鹊看了看表,"你跟静静说一声,我先走了。"

院子里传来黄澄澄脆亮的童音,他正煞有介事地跟一个带孙子的爷爷传授他道听途说的保健知识,让那老人按摩耳后的穴位,看见小鹊走,又奔过去跟她道了别。走廊里不时传来小朋友的哭声,白衣涌起一股欣慰,至少黄澄澄没有真正的病痛,他只是个小馋猫,遇见好吃的饭量也不小。她一会儿要带他去吃他最喜欢的避风塘大虾,还能点一份河粉或菠萝饭,再加一杯奶茶。她的钱包里有一小叠二姑姐给的招待券,还能用好几次。大虾有点儿辣,这孩子并不怕辣,她尝过那个大虾,虾的味道她吃不惯,第一次吃虾肉的时候还有点惊讶,那跟大虾酥的味道一点儿都不像。

红花油

小鹊踩上方桌,把一卷墙纸的边缘在墙角对齐,缓缓展开,尽量不出褶,不鼓包。满月要带男朋友回来是大事,是她复读三年交赞助上了民办专科学校后最大的事。她上完学没找上什么好工作,在一家话吧打工,高鹏就是买手机充值卡的时候跟她认识的。小鹊一听对方是饭店的总经理,留学回来的,父母开着大公司,不敢相信人家是真心诚意对满月。

满月当时就不乐意了,气道,"我是长得配不上他还是说话丢人了?除了不该托生在这种家里,我差哪里了?"

李斜子也道,"人无完人,学历家境都不是唯一的,他追的你,就应该是他高攀。你要是觉着俺们拖累,就别给他说家里这情况,你过得好了当没俺俩这人也行。"

满月白了他一眼道,"已经说了,人家没这么嫌贫爱富,我要是有钱人家的孩子,能在话吧里打工吗?"

小鹊从方桌上下来,挪了一步之宽,又登上去贴下一片墙纸。这小茶几是邓老师搬家不要的,虽然矮但十分结实。家里买过一个天坛折叠桌,替换掉了黄漆桌,那折叠方桌四边撑开能变个大圆桌,十分气派。满月叫同学来吃饭,能绕桌摆一圈橘子汽水,中间一盘鸡蛋肉丝炒方便面,她们都很喜欢。橘子汽水是制药厂做的,每月都发给工人,方便面是面粉厂做的,要多少有多少。那时候满月会大方地让同学多吃,说这些都不要钱。学校里还没到她家来做过客的小孩儿羡慕地说,李满月家不喝水,全家只喝橘子汽水。自从满月的同学不来了,那张桌子也日渐朽坏,先是有一扇板不再能承重,再往后桌腿上的胶皮帽掉了一个,像小鹊一样瘸了起来。

小鹊贴墙纸的时候没摔下来,却在高鹏送来一台电视机后摔了一跤。斜子非给她热敷,肿得更高了,下不来地。小鹊不愿去医院,只能给白衣打电话,问她有没有红花油,有就带点儿来,不用整瓶的，有点儿就够。

白衣怕满月见怪，轻易不敢擅自上门，只约在满月不在家的时候去看看，给小鹊带去的东西就让她跟满月说是别人送的。白衣来了发现家里变样了，还多了台大电视，小鹊就是给这电视机盖罩子的时候摔的。

电视机是高鹏来访后找人送来的，说是注意到家里电视机是没遥控的，用着不方便。其实何止没遥控，能看的台也只剩两个了。

"高鹏是个好孩子。"小鹊道，"比满月懂事。来了也不嫌弃，净夸我种的这花好了。"

"你就会说些没用的。"斜子的表达欲与日俱增，"我给你学学——咱这种房子，他还在门口蹭了鞋才进门，撇腔拉调给你来普通话，'打扰'啦，'早该拜访'啦，客气得了不得。拎的那东西也讲究，你看看，正好是烟酒糖茶四样。多了咱不好意思收，少了不是礼数，这就是会办事儿。"

"对月月怎么样，说话实在吗？"白衣还是问小鹊道。

"月说上东他不敢上西，和欠着她的似的。你姨父看了高兴，我觉着一块儿过日子，这不是个样儿。"

"非得对你闺女吆五喝六的你才高兴啊？"

"他愿意,他家里看见这样能愿意吗?"

"他家不愿意也是因为咱!我没本事,什么也给不了孩子,我要是有本事一下子买三套房,孩子能安安静静做功课,成绩能上不去吗?她也多上几个辅导班,大学能考不上吗?"斜子叫着,"咱已经对不起孩子,往后必须有个能对她好的。"

"我跟你说教养,你给我说穷富。"

"要不说穷讲究穷讲究呢,什么教养,那就是管穷人的。真有本事的人家,根本不在乎这个,一口痰吐你手上你也得接着。"

"你看看。"小鹊对白衣道,"他当着高鹏也这么说话,不嫌丢人。满月直接说,'李社会,不说话没人当你是哑巴'。"

"高鹏听见了?"

"听见了啊。"小鹊学着普通话道,"还说呢,'你家这种氛围真好,真民主。'"白衣憋不住笑起来。斜子也跟着笑,他的眼角朝下垂着,几乎和断眉垂直,眼睛常年眯着,加上黑眼圈,已经看不出任何斜或不斜。

"他知道满月卖充值卡有提成,全店的卡都是在她那儿买。"斜子仍在他所能的范围内眉飞色舞。

"他既然说了算,让满月去他那儿上班不好

吗?"白衣问。

"满月说了,'我不是不喜欢在这儿上班,我是不喜欢上班'。高鹏听完又夸她,'这种真诚是我最看重的,她很有自己的想法'。"

白衣这次没笑出来,听他一会儿学起骄横的口气,一会儿学起谦恭宠爱的口气,胳膊上起了鸡皮疙瘩。

"看来你这女婿板上钉钉了。"

"那就是她命好。"小鹊道,"你姥娘的话了,'偷来的日子都有头'。"

小鹊自己搓着药油,死活不让白衣弄,红花油的气味让她咳嗽起来,白衣拉过她的脚放在自己膝盖,替她搓开。小鹊想起女儿如果婚事在即,也很快将有自己的孩子,她低头看着白衣更加消瘦的肩头,悲从中来。

斜子突然打开电视机,因为还用不熟遥控,把声音调得震耳欲聋。

浪漫舞曲

小凤套上一件暗红印棕花的连衣裙,看着镜子里的自己哑然失笑,这衣服不但肥了,还长了,和刚才那件宝石绿的一样,带着一股樟脑丸味。她的衣服没人可留了,红旗不会穿,她总是穿裤子,穿衬衫,她送给王福霖的领带她总是很喜欢,会配上金灿灿的夹子搭配起来。白衣更不会穿,她现在根本不打扮了。小凤想到黄澄澄,心口一阵绞痛。

她如果不喊那句话,孩子根本不会急着跑回路中间;要是她去替他捡了,司机也不会看不见一个大人。

她事后无数次地后悔过,可是当时的她肯吗?她不肯。她不喜欢这个伶俐的会犟嘴的小孩儿,他会引用爸爸姑姑姑父的话,引用报纸和电视,还会引用十万个为什么,她的那一套在这个孩子身上油盐不进,他的存在好像在提醒她,在这个家里她的话已经没有分量。他长得和他爸一样,带着狡狯的笑容和好胜心,是黄小海让白衣不再唯她马首是瞻。她遏制不住地想找一个事由嘲笑他,打压他——"连这个都不认识。""你不是挺能吗,怎么不自己弄?""你妈说得对,她也得叫我妈。"每当这时候,黄澄澄的小脸上就有让她暂时心旷神怡的沮丧。她还能赢过。

"跑什么跑,帽子又掉了,你干才行!"

黄澄澄在白衣临走前说过,"妈妈,我想让姨姥姥送我。"

"这是你亲姥姥呀。"白衣忐忑地看向小凤。

"你姨姥姥腿脚不行,想找她你自己去!"小凤催白衣快走,点着黄澄澄的脑门,"别不懂事,你妈去找工作都是为了你,为了养活你多辛苦父母都愿意,你长大了得孝顺你妈。"

"妈你别跟他说这个,是我想上班。"

以前她不会这么说话,以前的她会低下头,什么气都能一口口咽下去。这样的话她在宣布黄澄澄死亡的医院里又说了一遍,"妈你别说这个,不是你的错。"而小凤执意冲着黄小海和那排姐姐们跪下去，替白衣承诺会再生一个，为黄家再生一个。她怎么没想到要替女儿说一句，这明明也不是她的错。

小凤的哭号，压过了黄家姐姐们的哭号，白衣则成为安慰者，她的脸青白如瓷，在此后很久都呈现着这同一种色泽。

小凤翻了翻抽屉里那摞VCD碟片，从最下面拿了一张写着浪漫舞曲的，放进机器里。碟是王福霖买的，他不去舞场的时候就在家放歌，他一放歌小凤就躲出去，躲是躲了，眼前却是他在家用胳膊虚架着转圈的样子。红旗说妈妈你得自己争取，自己改变，投其所好，才能得我所好。

没想到红旗也是个留不住的，跟金星一样。那个她操心最多的孩子，现在连电话都没空接她的，可能又上山忙去了。

金星找的对象王福霖和小凤都不认可，是南部山区的人家，用小凤的话说，她们全家人都"没有工作"。拉锯战拉了两年，直到女方怀孕了，连哥哥带叔叔大爷，在候诊室站了一地，再次选择的权力才完全丧失。

金星忙不迭辞了工作，承包了山头水塘，一头扎进地里，再也不因为犯病请假了。小凤和王福霖去看过一次刚下生的孙子，金星在地里忙得兴兴头头,叫了半天才肯回来,黢黑着脸,一口一个爸爸,叫的却是那个同样黢黑的老农民丈人。小凤拉过他问道,"后悔了不?后悔早跟妈说。"金星讶然道,"这里多恣儿啊,后悔么啊,后悔没早来呢!妈你老了也上这儿来,种地棱¹得劲。"

拎了一袋子种的黄瓜芸豆,还有鲜鱼鸡蛋,两人坐上了回市区的大巴。王福霖问袋里是什么,小凤没好气地道,是你儿子的倒插门钱。她默默决定要多给他攒点钱,能攒多少是多少,万一哪天金星想回到城里,够给他再张罗一个落脚之地。

小凤想,我不管他谁管呢?她不熟练地摁了播放按钮。

碟片前面是很长一段英文,小凤活动着腿脚等着,她想自己要是悄悄练上几天,说不定也能去舞场,和王福霖比翼双飞,那些动作一点儿都不难,她只需要恢复一些体力。最好是她冷不丁出现在舞场,先是有别人邀请她,让王福霖看着,看看看着他的眼神就挪不开了,因为她确实跳得好。这东西是肌肉记忆,你会了就永远会。

画面出来了,声音也出来了,四个赤裸的白人男女,正在泳池边的绿草地上凶猛地撞击,没有浪

---

1 【棱】很,挺。

漫，也没有舞曲。小凤的心脏噔地错了一拍，她想扶着什么坐下，扶了一个空，也坐了一个空。身下都是汗水，小凤觉得胸口像在被离场的人群踩踏，听不懂的外国话和听得懂的呻吟声与不规则的心跳混成一片。小凤想我该戴上那顶假发，不该不舍得用。买的时候那老板说了，戴上至少年轻十岁。

"命中神煞曾拦路，必有孤辰伴寡宿。
儿孙云来还云散，门前清溪留不住。"

算命先生说这几句话的样子如在眼前，小凤冷笑一声，欻的一下把给他的卦钱抢了回来。算命先生说小姑娘你别着急，我能改命。

小凤道，"甭改了，就当我没算过。"

夜来上山她原是要拜泰山老奶奶的，相传女人来求她老人家一求一个准。现在不打算拜了，命花钱就能改，说明自己也能改。

小凤当时只叫小凤，没人需要提起她姓什么，村里像她一样的女孩，有的连名字也没有，大的是大妮儿，二的是二妮，等叫大了，嫁人了，嫁到刘庄就叫刘庄的，嫁到李庄就叫李庄的。她手里的钱是从家偷的，一路来泰山都没花钱，不能把钱花在这一张破嘴上。回家放回了钱，谁也没问她为什么在外面过了一夜。她在上工前又看了那本只剩一半的数学书,她确定自己肯定能离了这里,走得远远的,远到没有任何一个男人在她面前用轻薄的言语回味她的母亲的地方。

七仙女

白衣晒得很黑。她开了一段时间早班面的,又开了几个月旅游小巴,都是很累的活儿,她专门找很累的活儿,就像黄小海专门找出差的活儿。

她今天什么都不干,要去看儿子。黄澄澄的骨灰埋在文汇路口的花坛里,竖了一块小小的纪念碑。她旁若无人地跨进花坛,摆上他最爱吃的,和新出的他还没尝过的好吃的,现在的零嘴太多了,他要是还在,恐怕要吃成小胖子了。他们把零嘴叫"好好儿",黄澄澄像小狗一样,无论什么时候你问他吃不吃好好儿,他都会奔过来说吃。

"吃好好儿了黄澄澄。"白衣拆开所有包装,把自己做的大虾也摆出来。黄澄澄没有出现。白衣转过身,车流整齐理性,如同不曾出过任何差错。

白衣回家，看见小鹊坐在楼梯口等着，她记得日子，总不放心白衣自己过这一天。白衣把小鹊搀进屋，小鹊的腿比年轻时更不便了，搀扶着她像扶着一辆往外侧倒去的自行车。

白衣泡上茶，用的是小鹊送的紫砂壶。小鹊说这是大舅给姥娘的，让她悄悄留个念想。

"你姥娘那个屋要拆迁了。"小鹊摸着那壶道，"你舅舅那份，你妈说替他收着。告诉你了没有？"

白衣摇摇头。

"我回去看了，那边也没别人了。"小鹊道，"你还记得施镇越吗？又结婚了。"

白衣愕然道，"斜对角的施老师？和谁啊？我认识吗？"

"你上哪儿认识去！和给他编书的一个小闺女，大学毕业生。"小鹊笑道，"幸亏不住一个院了。小时候我还管他叫叔呢。"

白衣终于被逗得嗤笑了一声。

"对了，上次我开车路过那个什么巷，发现七仙女的院门都大敞着了，她们不住里面了吗？我听着还有人放磁带呢。"

"住着也能敞门啊。当时编得再邪乎，一个人两个人走出去，剩下的也明白了，不是非得关门过。你姥爷背出来的那两个都和俺联系过,一个老家是章丘的,老早家里就有哥哥来接走了。还有一个叫小包,头几年找了个外地对象,开理发店的,俩人都四十来的了,本来寻思搭伴过就行了,小包生了个男孩,你猜叫么?"

"叫么?"

"念徐。"

白衣又不说话了。半晌她问道,"姨,你信转世投胎吗?"

小鹊摇摇头,又补充道,"不是不信,是拿不准。"

白衣道,"要是黄澄澄想投胎来找我,一直等也等不到,他会不会着急,以为妈妈不要他了?"

"傻孩子……"

小鹊没忍住,声音嘶哑了,不知道是说想象中的黄澄澄,还是说白衣。她想说人不是大雁,就你不往北飞也能活。又怕这孩子真认了这个理,一个人没着落。当年她和李斜子失去了一个还没见过面的小孩,家里就同地窖冰窟一样,白衣和小海是怎么熬的呢儿?小鹊想到黄家人的热心热肠,不知道怎么追着白衣、求着白衣、逼着白衣,催她趁着年轻,重新开始。他们是体面的人,不会像小凤一样说出根啊后啊那些话,他们只会说这是为了忘掉痛苦,打起精神,是为了黄小海和她自己。

新来一个孩子,能堵住她泪水流不尽的眼窝吗?也许能,但是谁来做这个主呢?

"偷来的日子都有头儿。"白衣问道,"是我姥娘编的还是早就有?"

拉　链

黄小海副驾上坐着王白衣，上了国道，往河北方向开去，一路无话。

后座的李斜子面目呆滞，包抱在胸前。

失踪几个月的李满月往家打电话了，说是欠了钱，不找人带钱过来接回不去。黄小海认识的人多，万一有事，对方也许有所顾忌。

满月走的时候就是他们送到车站的。高鹏调去北京，斜子和小鹊的心就悬着。好歹等到他安排妥当，高鹏也已经把住处拾掇好了，给满月的车票也是买好了让人送来的。俩人商量年底结婚，高鹏的妈虽然不太满意，但儿子一到了北京，她肯定鞭长莫及，相当于默认了。满月走的时候带了不少行李，除了衣服日用，还有新手机、一台笔记本电脑，是高鹏送她的。一对十字绣抱枕、一个十字绣车挂，是她准备送给高鹏的。

斜子道，"她真能啊，电脑也会，绣花也会了，从小就手巧。"

黄小海客套道，"路上注意安全，去了两个人好好的。"

满月笑道，"你俩好好的就行了。高鹏和你不一样，他就吃我这一套，我对他好了他不得劲，得和他妈一样呲打[1]他，他骨头才不痒痒了。"

几个小时后高鹏没接到人，也联系不上满月，往小鹊家打了几通电话。就在报警前，李斜子收到一条短信。

我遇上真爱了。替我跟高鹏说一声不用找我。

为了让他们不要报警，开始那段时间她时常跟家里通话，只是不再搭理高鹏。李斜子急得嘴角长泡，眼疮挡住半个眼睛，小鹊嗓子肿得说不出话来，哭也哭不出声。

"我和他在一块儿就是高兴，从来没这么高兴过，以后他在哪儿我在哪儿，听他说话，我能多活二十年。"满月重复道。

---

1 【呲打】斥责。

高鹏死活不相信,坚信她遇到了胁迫和危险,丢下工作跑回来,住在了小鹊家,他在电话免提的时候亲耳听到一通又一通简短但真实的电话,轻松、甜蜜、娇憨、不耐烦、胡搅蛮缠、突然翻脸,完全是他熟悉的语调。他在李家发了两天烧,带着一脸胡子走了。临走前高鹏道,"叔叔阿姨,别说我来过。"

现在要开去的地方不是满月一开始下车的廊坊,而是邻市的一个村子,白衣和黄小海倒替着开,一路上几乎没歇。黄小海认路,快开到地方才开始看地图,很快找到了约定的村口。

满月穿着双男人拖鞋站在路边。车一停,二三十个人从草窠里出来,拿着棍棒,堵在车外面,只许李斜子一人下车。

"你能不能等等再报这事儿,实在不行,你找这边的同行报,我怕他们手里抓着她什么底子,要报复她。"白衣看着窗外道。

"你觉得我连这点分寸都没有?"黄小海道。

"提醒提醒,没别的意思,就怕我姨担惊受怕。我知道有的新闻你很看重,一点儿也不能让。"

"还是那事啊。又开始了。"

白衣没有回答。窗外的李斜子在对方数钱之际被勒令抱头蹲着。

"从今以后我就是坏人是吧?你这么害怕我,让我跟来干么?"

白衣还是没说话,看着外面,好像在提醒他现在不是时候。

"我害得你林主任进去了,你想起来就膈应,过不去了是吧?"

"更大的事儿都过去了,这有什么过不去的。"白衣忍不住回道,"我就是觉得,那是帮过咱忙的人。不用非得这样。"

"是帮过你的人。"

"他帮了好多人。我们车间那么多人没班上了,不是他开这个小车行,都上哪儿去?唐姨、黄库头那个年纪,吃么?喝么?"

"这么多人他非要你去就不是好心,就是想让你在他眼皮子底下。"

"你少胡说八道,咱俩结婚也是人家帮的忙。"

"没他结不成婚?在厂里就藐视规则,难怪一单干就敢违法犯罪。你们那个厂,没他也垮不了这么快。"

"你以为里面的猫腻保险公司不知道吗?哪个车厂不多落下点钱?"白衣压着嗓子道,"就算哪里不合适,你私底下告诉他,让他收敛让他改,也比直接给人送进去强,这些人怎么办,你给安排吗?"

"要不是他让你去上班,你能把澄澄放你妈那儿吗?"黄小海吼道。

不管是什么话题,总会回到这个沉默的终点。

"可惜我妈死得早,不然你也找个理由把她送去蹲监狱,才算给儿子报仇了。"

黄小海一拳砸在车喇叭上,把车外的人吓了一跳。黄小海硬撞开车门,推开那个拦他的人,扶起李斜子往车里拽。白衣也跟着下来,抢过满月拉她上车,满月却不敢挪步。几根木棍同时劈头盖脸地打下来,黄小海和王白衣同时张开手,把父女二人护在里面,硬往车里拱。车窗被砸碎了,领头那人进去在黄小海的包里一通摸。

"你是个记者?"

"还敢带记者来?"

黄小海被拉开,斜子身上挨了一脚。

"让他们走吧。这个村你进不去。"领头那人先是对同伙说,又对黄小海说,证件也扔回给他。

"把她行李拿来。"黄小海道。

"来这儿的哪有带行李的?"那人笑了,"连身份证都没了。赶紧滚吧。"

车开动了,那群人只用喊声驱赶,李满月就号啕大哭,李斜子也跟着哭起来。车开出村子,上了大路,残破的车窗灌进嘈杂的风声,二人的哭声渐渐不再刺耳。

远远看到小鹊在楼下等着的身影,白衣伸手抹掉眼泪,也替满月擦了擦脸。满月一身伤,头发也打结了,不愿意让邻居看见,李斜子把外套罩在她身上,把她背上了楼。小鹊跟着父女俩跑了两步,又颠着跑回来,给黄小海道谢又道歉,说今天这样,你们就先别上去了。

白衣把刚才没扫干净的玻璃碴收拾在塑料袋里扔了,又从座位底下捡起黄小海塞满文件的牛皮公文包,拉链头刚才被拽掉了,只能把包口使劲拢在一起。二人坐在车里,听着筒子楼里细细碎碎的人声。

"我刚才想了想,要是黄澄澄长大了是这样,我也是这么疼他。"

白衣嗯了一声。

"我前两天还想,要是他长大了是红旗那样,我也能接受。"

红旗跟前夫办完离婚,带白衣和黄小海见了女友,算是公开了身份。白衣又点点头。

"就不能再生一个么?咱俩,还能不能好好商量商量?"

"我生不了了。"

"环又不是不能摘,好几年了,也该走出来了,咱都还年轻,哪怕试了不行再放弃呢?"

"是我生不了了,我这个人。"

蒜爆茄子的香味从某个窗口散发出来,这道菜以前白衣常做,还会放点甜面酱,黄小海最喜欢吃,黄澄澄不喜欢吃,却喜欢玩她削下来的茄子皮。他把茄子皮撕成各种长短,贴在人中上,贴在下巴上,让妈妈看他花样百出的胡子,有阿凡提、张飞,还有八嘎呀路。

"你能不能想想我的压力。你能不见我姐姐们,我能吗?这几年我也到极限了,我也累得慌了,我想回家,这个家静得我不敢回,不回去又惦记你,怕你再有个三长两短,我就没有家了。"

"不过了吧。"白衣道。

"每次都是这样!离吧离吧,你重新开始吧,和别人生吧,我要是不想过了还至于这样吗?我求求你了,你再想想吧!你每次遇到别人家孩子,连看都不敢看,你知道我心里多堵得慌吗,王白衣!你不应该过这种日子啊,你原来是多有活头的一个人啊。"黄小海被打破的嘴角本来干了,又渗出血来。

"要是放以前，我这个人更习惯别人怎么说呢……说，怎么当妈的一个孩子都看不好呢；你也不是第一个死了孩子的，怎么就你不能再生了呢；什么都不用你干你还找不痛快，你还有理了；别的女人遇到我这样的，都觉得烧了高香了……小海，你从来都没给我说过这种话。"白衣道，"我爸说我不吃好粮食，他说得不对，我给自己找了个特别好的对象，过了特别好的几年，比我之前哪一年都好。咱俩就是不过了，我也感谢你一辈子。"

"你不能这样对我。"黄小海哭道，"你不能这样。"

寡妇楼

广福楼是大桥区的飞地,传说这个楼一年死一个男人,被称为寡妇楼。在这里租房子小鹊是不答应的,但拗不过斜子说房租便宜,已经交了定金,只能随他去了。对外说是小鹊用上拐了,租个一楼出门方便,只有不多的人知道,他们的女儿买基金亏了钱,还被中介要求退违约金,只能卖了他们那个小房子抵债。经金星丈人家的亲戚说媒,满月在三十六岁上嫁到了南部山区,她不会干活,一直没收入,想着自己赚点钱,没想到遇上这种事。听说那筒子楼马上就拆迁了,人人都说卖亏了,那也没办法,拿到手里的钱才有用,看不见的钱不是钱。

斜子对住在寡妇楼毫不避讳,跟他对李斜子

这个名字也早就不介怀一样。他会主动介绍其中的机密，讲起各种传说如数家珍。这里原先是大户人家小姐的绣楼，小姐许了人家，还没出门子相公就死了，她守了望门寡，后来这家被抄家砍头，皇帝说这个小姐了不起，抄到绣楼就不抄了，还让她在这儿住着，小姐天天哭天天哭，一直活到八十八，和她那个贞节牌坊一块儿埋在这底下了。到盖楼的时候，工程队想放块奇石镇住，怎么也放不上，地挖了又挖，地基就是起不来。后来找了仙来看，刻了一对抱对儿的家雀埋到里头，一下子都好了，这个楼。旁人好奇问他，住那儿不瘆得慌吗？不能光图省钱啊。斜子咧嘴大笑道，搬哪儿去啊，命没钱值钱。

这个楼比他们原先住的楼新，有集中供暖，如果没有一次次地就医，这本该是一个让小鹊舒服的冬天。人老了都会矮点，小鹊亩量[1]过自己的腿，这双腿是以相同的速度和比例在变短的，可她却越来越瘸，现在每走一步都如同濒临倾倒前勉力站直，像卖场门口促销的气球人。

1　【亩量】猜测，估计。

结婚前夜

"要是当初带你出来的不是俺爸,是别人,你跟着走吗?"小鹊和椿儿并头躺着。

"这还用说吗,就是个牙狗给我开了门,也得养它一辈子。"椿儿道。

"俺爸唱的那个歌你会吗?过麦的汉子那个。"

"早忘了。"

"下辈子还想和俺爸好吗?"

"他都托生多少年了,好不到一处去了。"

"我听人家说脖子后头有痦子的是上辈子没喝汤,孟婆给留下个记号。"

"放她娘的狗臭屁。"

小鹊跟着椿儿笑了。

"你想俺哥吧?上次那个武校俺打听了,都说不认识他。"

"想么想,早就有数。他生下来一根头发没有,是个和尚命。"

"妈,你可替俺浇水啊,花池子里那些花。"

"谁愿浇谁浇,最烦的就是土垃[1],一辈子别让我看见。"椿儿道,"你那破池子里哪有花啊,除了菜就是草,你怎么不种拉拉秧子呢?"

"能开花就是花。"

小鹊想搂住椿儿,椿儿翻身过去,背对着她。

"睡觉了。明天得早起来给你包小包子,吃完了往脖子里撒点面醭[2],洪福滔滔到白头。"

"不敢想那么大的福。"

"那就过眼么前儿吧。"椿儿道,"人都有自己的福。"

小鹊闭上眼睛,以为妈睡着了,不敢再动。过了一会儿,枕边传来低哑的歌声:……哪里的仙果没人摘?哪里的金子土里埋?哪道门里有你老子娘,哪家的姑娘你轿子抬?

---

1 【土垃】干的松土。
2 【面醭】揉制面食时用的干面粉。

浪漫舞曲二

王福霖混浊的眼珠像是凝固了。他入住的是一所明星养老院,他是养老院的明星老人,如果他的女儿王总来看他,养老院会多拨出两个人来,为他换上板板正正的衬衫西服,别上"他最喜欢的"金色领带夹。王总交代过了,她爸爸一辈子注重形象,如今已经吃不了好的,不能让他穿不了好的,人活精气神,虽然他说不出话了,那种软塌塌的家居服他老人家一定不喜欢。

换装的过程较为艰难,两个护工要架起他僵硬干瘪的身子,脱下袍子,仅留尿不湿,再把他的四肢扭转成合适的角度,塞进挺括的衣服。这些动作需要在王总进门前完成,推到她面前的,必须是一个干净利索的父亲。

"不管别人怎么看,我觉得我们家是幸福的,而我是我们家最幸福的,我拥有的不仅仅是小家庭,还拥有公司这个大家庭。幸福不是幸运,我一直在努力,'投其所好,才能得我所好',我坚信,公司的口号是我做人的信条,也是我们共同努力的目标。"红旗站在养老院的床旁,向她的两排员工演讲,甫一言毕,众人就鼓起掌,最起劲的那个是她的女友,二人的关系在公司早就不是秘密了。

"来,给姥爷表演个节目。"红旗随了小凤的脸型,眉眼和表情却跟王福霖神似。她和前夫的儿子莱莱举着一根竖笛走上前来,对着大家深鞠一躬。

王福霖的头垂下去,于是被护工扶起来抬上床。为了让他能看到莱莱的表演,他的头被高高垫起,掰向外侧,后脖子挤住两个枕头,防止他歪回来。

莱莱到王福霖床前开始吹奏。整整四分钟的时间,谁也没有说话,那首《青春舞曲》断断续续,忽急忽缓,尖厉的哨音夹杂着短促的喷气,像是再也不会结束。

一根手指都抬不起来,瘫痪的王福霖双眼的黄斑之中散出红色,他努力扭头,却只是汗湿了打着卷的鬓发,张嘴发出嗬嗬声。莱莱甩出竖笛里积攒的口水,看向妈妈。

"你看姥爷多高兴啊。"

海　豹

　　白衣打了一辆专车来接小姨和姨父去大明湖，李斜子说这个点得去小吃街捡纸盒子，让她们自己去。

　　"很快就到，难受了就说。"白衣打开车窗，给小鹊系上安全带，再次感慨，"你怎么能没去过大明湖呢？哪有济南人没去过大明湖？"

　　"没去过的地方多了，千佛山、趵突泉我都没去过。"

　　"那咱们今天都逛一遍。"白衣拍拍她的手，"你放心，不是轮椅就是缆车，累不着你。"

　　"那不行，别乱花钱！"小鹊是听她说大明湖从今天开始不要门票了，才肯跟她出来，可没答应再去别的地方。

"我都快走了,你就陪我一天吧。"

白衣下周又要走了,一个小鹊问了好几遍都没记住,只能写在本上的地方。下次见面还不知道什么时候。

小鹊没再推辞,车辆平稳地行驶,丝毫感受不到眩晕。"要知道不晕车了,早就该坐你开的车了。"

"老太太高寿啊?闺女这么孝顺,你就享受享受呗。"司机道。

"我哪有这福气当她妈。"小鹊笑得眼睛眯着,"就享受一天吧。"

白衣听到"高寿"二字,端详她老迈衰退的病容,身上一层又一层冬衣,似乎也难以相信小姨只比她大区区十四五岁。

白衣推着小鹊到了湖岸,小鹊讲起徐多友和椿儿刚来济南的事。

"也不知道哪一块砖是你姥爷垒的。"小鹊道,"也可能又拆了呢,这儿多新啊。"

一回头,白衣给她买了一个棉花糖,递到她手里。

"这不是孩子吃的吗!"小鹊笑出了声,摘下棉手套仔细擎了,小口吃着,说像雪一样。手套摘了一会儿,手就僵住了,只能再戴回去。

"你怎么去那么冷的地方,我记得你好长冻疮,去了受得了吗?"

"早就好了。我妈说一旦长了冻疮就每年都有,再治也没用了,哪有这回事,保暖好了就不长,我这都多少年没长了。"

她没有说,她在弗雷德里顿醒来的第一个早晨,稀薄的阳光照在无边无际的雪地上,反射着冷而灿烂的光,她突然扑在雪上号啕大哭,为什么她那么喜欢雪青色,却从来没想过为什么雪青色要叫雪青色。雪张开怀抱,接纳了决定留在这里的异乡人。

北极阁、汇波楼、铁公祠、稼轩祠、百花洲,白衣一路讲解,在"四面河化三面柳,一城山色半城湖"的对联那儿给小鹊拍了照片。

"我微信传给你。"白衣坐在石凳上道,"可惜现在没有荷花,等夏天我回来,再带你来。"

"我怎么存下来啊,我这手机能看得了吗?"

"你先找到我的名字,我的名字呢……"

"这里。子平。"

"谁是子平?"

"孩子的子,平安的平,我给你找了这么俩

字，行吗？我给你找个代号，是害怕咱俩说话让你妹妹看见，她又闹腾你，她一回来，就好查我手机。"小鹊探身学着，"我老想学，满月不教给我，怕我在上面乱花钱让人家骗了。"

"你自己的手机，想学就学。"白衣演示了几遍，小鹊就会了。

"你别再给我发红包了，发了也到不了我手里。钱得攒在自己手里，你在那边有点什么事，谁也帮不上。"

"你俩的钱要是自己花，姨父还用天天出去捡破烂吗？"白衣道，"这次好容易好了，以后多注意身体，满月又不是没成家，别太为她操心了。"

"她那个对象啊，哪指望得上。怎么能不操心呢，上次满月该人钱的时候，你姨父还打听过怎么卖肾呢。"小鹊道，"要是心能卖钱，他连心也想掏出来……"

还了轮椅，上了观光三轮往趵突泉去。许是人都去大明湖凑热闹了，正常卖票的公园里游客不多。曾经停喷过的三轮泉水经过几年的地下水治理，又恢复了喷涌，齐头并发，水汽腾腾而上，观澜亭寥寥无人，本就阴霾的天加上奇响和白雾，似幻似真，两人久久无言。

"走，去看海豹吧。"白衣担心小鹊冷，搀扶着她往前走。

"海豹？哪里有海豹？"

"金线池。"白衣和黄小海曾带儿子一起来过，黄澄澄蹲在地上看了很久，怎么叫都叫不走。

极其清澈的碧水中，圆润的小海豹贴在石壁一侧滑行，身旁点点红鱼，丝丝绿草，没有什么能吸引它游到水流中央。这头海豹钻进石桥下的阴影，另一头大些回游一段，也折返而去。

"海豹不是应该在海里吗？"

"也是啊。"

"为什么这里要放个海豹呢？"

"谁知道呢，一直都有。"

"一直都有？海豹能活几年？"

大海豹在几个孩童的欢呼中再次从桥下游回来，它也游得极慢，像是被水流推行而来，半闭着发白的眼睛，任由一条黑黄花的锦鲤跃起落在它身上，它对桥上孩童投下的面包无动于衷，一簇鱼群一拥而上争抢食物，推挤着它，被围困的海豹打了一个转，失去了方向，撞向桥墩，在嬉笑声中它迟疑地转回身子，更慢地向原路游去。

"可能不是同一个吧。"白衣忽然不想再看了，"我带你去千佛山吧，时间还早。"

"我累了，改天去吧。你送我回家歇歇。"小鹊拍拍她的手。

白衣又去找了轮椅给她坐了,推着往门口走。

"坐飞机那天有人送你吗?"

"有啊,我们好多人一块儿走呢,除了修车的,还有厨子、月嫂、电工。"

"他们外国人也坐月子啊。"

"他们外国也有中国人啊。"白衣笑了。

"我越来越傻了。"小鹊也笑,"什么也不懂了,家里那个地球仪早找不着了,不然还能看看你在哪儿。"

"你在手机上就能看。"白衣搜出地图递给她,教她用手指头放大图片,"坐飞机也得十几个小时呢。"

"十几个小时,真厉害啊。我记得吴静坐飞机回来给你一盒飞机餐,你带到俺那儿去吃,一扭头让满月看见,全给你吃了,你都没尝到味儿。俺心里那个难受啊,俺要是能坐飞机,还能带回来一个还给你,别说飞机了,坐过飞机的人俺都不认识,小姨没用啊。"

"小姨没用"这句话,在小鹊试图劝小凤让白衣继续上学但一败涂地后也说过。那次她哭着说,这次是笑着说。白衣记得妈在小姨走后还骂了很久,"怎么没用,挑家不和最有用了,自己孩子养不好,就挂挂着人家的。你这么贴呼她,上她家吃去,看看人家喜拉[1]亲生的还是喜拉你。"

这些都是很久前的事了,白衣想起来,已经像想起一件闲事。

"我把达·芬奇给吴静了。"

小鹊知道达·芬奇是黄澄澄那只小乌龟,上次见已经长到巴掌大了。

"给她就对了,这孩子啊,好人有好报,大病过去就是后福。"

"嗯,她好着呢,你也是,大病过去就是后福。"白衣提高了声调,"现在医学进步多快啊,你好好保养着,下回和我一块儿坐飞机,出国玩。"

"是啊。是啊。我还哪里都没去过呢。"小鹊答应,"出来看看真高兴啊。"

路两旁挂着"元旦快乐"的红灯笼串儿,小鹊坐在轮椅上伸出手,每一簇红穗头都在她掌上拂过,温柔腼腆。

---

[1] 【喜拉】喜欢,常用于否定式。

后　记

你一头海豹，待在天下第一泉里，水质清洁明澈，食物丰盛充足，能见天日，能舒展身躯，有另一头海豹相伴，每天有人由衷地发出惊叹和赞美，还想要什么？还有什么不满足呢？海水和泉水，不都是水吗？

我时常想到那个奇异的景观，海豹巡游在幽静的泉水中，池底绿藻招摇，身畔红鲤点点，看上去安然闲适，我因此视若寻常。这是打小就在的，从来就有的，就像鱼戏莲叶间一样理所当然，甚至不值得偕同无数来济南的亲友特意参观。直到有人问，可是它是海豹啊。

是啊，它们是海豹，它们为什么在这里？

几年的反复争论后，海豹从公园离开了。不知道是不是人们终于发现，单靠承诺和照料并不能保证它们的健康。再经过那里时总会有一阵恍惚，那是不是我的想象，它们真的来过吗？

现在，距离这篇小说起始动笔过去了六年，

距离某位主人公的原型人物去世已经三年，距离它完成也已过去了两年。

我并不认为写作的时长和它的质量一定正相关，事实上我没有一直专注在这一件事上。

亦真亦幻的几年之后，再次步入所谓正轨，逃避的理由不再成立，才发现身不由己之下埋藏着力不从心。我坠入过怀疑和空虚，收获过一些让我更加迷茫的掌声，想过以种种方式打碎生活重新开始，也想过以种种方式延续当下的生活，在割裂与矛盾中弥合和自洽，放下一些期待，承认了部分的无能，感受着衰老在身体和心灵之上的呈现，最终在离开校园十几年后又开始上学——像很多无助的人一样，用另一种期待转移当下的困扰。走到更大的空间，是不是意味着身处更寂寥无际的荒野，现在还不得而知。

似乎总有什么逼迫我停下来，又总有什么在煽动我写下去。论事，这里通篇没有惊人壮举时代风云；论人，没有阆苑仙葩美玉无瑕；论心，没有诗情画意振聋发聩。然而这个平淡的故事，已经在和我相伴的过程中生长出自己的生命。每当想起它，就能感觉到有种热情还盘踞着，就像走了很远后停步回头，看到一只狗还在原地等你，你没有办法不折返，和它双向奔赴。

我不想给这篇小说的人物和情节辅以任何界定，无论是行动还是思想，任何标签都会使其陷入一定程度的"总体论"，我觉得这里面算得上珍贵的东西也许正是一种"主体性"，或者"个体性"。我们不缺身份自觉，身为什么人便理应怎样，配得上什么样的生活，服从于什么样的规则，需要经历怎样的磋磨，似乎早已有人写定。一切与之相悖的追求和抵抗，都因太过惊世骇俗，被视作道德的反面。比起振臂一呼获得战友，我更希望面对"多少年都是这么过来的，周围所有人都是这样的，凭什么就你不行？你有什么了不起的？"时能想起，没有什么了不起的我，也未必要和别人一样。"有人这样生活"即是我叙述的目的，一代一代人在历史中无声潜游，打捞起被吞没的声音，比为他们谱写一首新歌更得我心。

求诸往日正是期待未来的另一种方式。既然在此处我与我的忠诚相遇，我必将思索和记录，在发生之后，在忘却之前。

韩今谅
甲辰龙年 正月初六

图书在版编目（CIP）数据

盲眼海豹 / 韩今谅著. —北京：中国工人出版社，2024.2
ISBN 978-7-5008-8399-9

Ⅰ.①盲… Ⅱ.①韩… Ⅲ.①长篇小说－中国－当代 Ⅳ.①I247.5

中国国家版本馆CIP数据核字（2024）第049128号

盲眼海豹

出 版 人	董 宽
责任编辑	李 骁
责任校对	张 彦
责任印制	黄 丽
出版发行	中国工人出版社
地　　址	北京市东城区鼓楼外大街45号　邮编：100120
网　　址	http://www.wp-china.com
电　　话	（010）62005043（总编室）
	（010）62005039（印制管理中心）
	（010）62379038（社科文艺分社）
发行热线	（010）82029051　62383056
经　　销	各地书店
印　　刷	北京盛通印刷股份有限公司
开　　本	787毫米×1092毫米　1/32
印　　张	7.5
字　　数	100千字
版　　次	2024年4月第1版　2024年4月第1次印刷
定　　价	36.00元

本书如有破损、缺页、装订错误，请与本社印制管理中心联系更换
版权所有　侵权必究

二十世纪七八十年代，趵突泉景区开始在泉水内饲养斑海豹。2019年，两只海豹被转移。

于平松 摄